내게 남은 날이 백일이라면

5천만 중국인의 가슴을 울린
아주 특별한 인생 수업

내게 남은 날이 백일이라면

리카이푸 지음 | 정세경 옮김

중앙books
JoongAng Ilbo

뜻밖의 휴가

내가 이런 책을 내리라고는 단 한 번도 생각해본 적이 없다. 지금까지 나는 '최고의 자신이 되라, 내가 있어 세상이 달라진다!'라는 신념을 갖고 인생을 살아왔다. 또한 가장 가치 있는 인생을 살고자 늘 스스로 채찍질하며 일 분 일 초도 허투루 쓰지 않았다. 짧은 인생에서 최대의 효율을 내야 한다는 생각에 잠자는 시간도 아까워했다.

그 덕분인지 암에 걸리기 전까지 순풍에 돛을 단 배처럼 모든 일이 순조롭게 풀렸다. 스물여섯 살에 쓴 박사 논문은 〈뉴욕타임즈〉에 반 페이지에 걸쳐 보도됐고, 이를 계기로 미국에서 정보공학 하면 첫손가락에 꼽는 카네기멜론대학에 교수로 파격 임용됐다. 그 뒤 세계 IT업계를 이끄는 세 회사 애플과 마이크로소프트, 구글에 연이어 스카우트돼 당시 중국계 인재로는 가장 높은 수준의 직무를 맡기도 했다. 2009년에는 중국의 젊은 창업자들을 돕는 데 남은 인생을 투신하리라 마음먹고 베이징으로 건너와, IT창업지원센터 창신공장(創新工場, Innovation Works)을 설립했고, 2013년에는 미국 시사 주간지 〈타임〉이 선정한 '전 세계 가장 영향력 있는 인물 100인'에 오르기도 했다.

덕분에 중국판 트위터 웨이보에 수천만 명의 팔로어가 생겼고, 많은 젊은이들의 '청년 멘토'를 자임하고 있다. 수십 년 동안 이렇게 바쁘게 살며 매일 열대여섯 시간을 일에 빠져 살았고 마음먹은 일은 대부분 이뤄냈다. 그렇게 인생이란 길 위에서 뛰고 또 뛰며 많은 것을 배우고 얻었다.

당시 나는 여전히 앞으로 해야 할 일이 무궁무진하게 나를 기다리고 있다고 믿었다. 나는 아직 더 많은 것을 배우고 싶었으며 삶이 내게 더 많은 것을 가르쳐주리라 생각했다.

그런데 쉰두 살 생일이 얼마 남지 않았을 무렵, 의사로부터 림프종 4기라는 판정을 받았다. 이는 오랫동안 몸을 혹사해온 내게 나 자신을 직시하라며 몸이 보낸 가장 엄중한 항의였다. 아무런 준비도 하지 못했던 나는 죽음이 멀지 않은 곳에 있음을 깨닫고 두려움에 벌벌 떨었다. 암세포를 발견하고 험난한 진찰 과정을 거치며 순식간에 구름 위에서 바닥으로 곤두박질친 듯한 기분에 어찌할 바를 몰랐다.

결국 나는 그렇게 좋아하던 일을 내려놓고 대만으로 돌아와 치료를 받으며 꽤 오랜 시간 죽음과 싸워야만 했다.

하지만 인생계획에 전혀 없던 이 뜻밖의 휴가 덕분에 내 삶은 깊이를 더하게 됐다. 병을 통해 몸이 치유됐을 뿐만 아니라 뜻밖에도 내 영혼 역시 삶의 자양분을 얻었기 때문이다. 이것이 바로 내가 이 책을 쓴 이유다.

나는 죽음의 문턱에서 얻은 깨달음을 많은 이에게 전하고 싶다. 이 기간 동안 나는 심신의 고통과 함께 가족과 친구들에 대한 무한한 사랑도 가슴 깊이 느낄 수 있었다. 또한 무엇이 나를 행복하게 하는지, 진정한 성공이란 무엇인지, 최선을 다해 추구할 만한 가치가 어떤 것인지 뼈아프게 깨달았다.

이 생각지도 못한 여행은 지난날 내 가치관에 숨겨진 맹점도 가르쳐줬다. '최고의 자신이 되라, 내가 있어 세상이 달라진다!' 내가 좇아온 이 가치관은 본질적으로는 나쁘지 않다. 하지만 오랜 세월 동안 나도 모르는 새 헛된 명성과 이익에 마음이 기울고 있었다. 그런 것들에 눈이 멀면 무거운 대가를 치러야 한다는 사실을 전혀 몰랐다.

하지만 삶과 죽음을 오가는 병을 겪으며 비로소 눈을 떴다. 나는 예전과 다름없이 최선을 다해 일하며 더 나은 세계를 만들고자 노력하지만, 이제는 어떻게 살아야 삶이 보다 풍성해질 수 있는지 명확히 알고 있다.

이 책을 통해 고명한 의술로 순조롭게 몸의 시험을 이겨내고 새로운 삶을 살 수 있는 기회를 주신 대만대학병원 탕지루 선생과 리치청 선생께 감사드린다. 또한 늘 형제처럼 보살펴주며 혈액종양 연구에 사심 없는 기부를 해준 궈타이밍 회장에게도 고마움을 전한다. 병을 앓던 동안 내게 새로운 창을 열어주며 삶의 다른 가능성을 보여준 친구들에게도 감사하다. 불원천리 마다 않고 기꺼이 병문안을 와준 중국의 친구들과 인터넷을 통해 사랑과 격려를 보내준 팬들에게도 감사하다. 특히 무한하고도 따뜻한 가족의 사랑을 보여준 어머니와 아내, 딸들, 형제들이 있었기에 본래 무겁고 가슴 졸였을 휴가 기간이 감당할 수 있는, 심지어 때때로 행복감이 넘치는 시간이 될 수 있었다.

책을 쓰는 일 또한 병을 치유하고 생각을 정리하는 데에 매우 좋은 방법이 됐다. 이 책이 탄생할 수 있도록 많은 도움을 준 덩메이링과 쉬야오윈, 천쉔먀오에게도 감사의 마음을 전한다. 그들 덕분에 내 가장 진실한 삶의 경험을 모든 사람과 나눌 수 있게 됐다.

부디 이 책을 읽는 독자들이 나처럼 생사를 넘나드는 경험을 하지 않고도 자신이 삶에서 가장 좋아야 하는 것이 무엇인지 깨닫고 본인만의 멋진 삶을 살 수 있길 바란다.

1장

죽음은
벼락처럼 찾아온다

"이런…." 하얀 가운을 입은 검사관이 짧은 탄식을 내뱉었다.

깜짝 놀라 그를 바라봤지만 그는 입을 다문 채 앞을 주시할 뿐이었다.

슬쩍 물었다. "왜요? 그렇게 안 좋나요?" 하지만 그는 굳은 얼굴로

고개를 절레절레 흔들 뿐 좀처럼 입을 열지 못했다.

몇 번을 채근하니 그제야 어렵게 운을 뗐다.

"이런 경우는 흔치 않은데….

보통 사람은 병변이 많아봐야 두세 개 정도인데 선생님은…."

"몇 개인데요?" 바짝 긴장이 돼 다시 물으니 그가 손가락으로

모니터를 가리키며 말했다. "직접 보세요." 새카만 모니터 화면에

몇 개인지 세기도 어려운 흰 점들이 흩어져 있었다.

밤하늘에 반짝거리는 별처럼 말이다.

계단 위에서 곤두박질쳐 바닥에 처박힌 기분이었다.

확진은 아니라고 되뇌며 냉정을 찾으려 했지만 형언할 수 없는

큰 불안감이 온몸을 덮쳤다. 빛나는 지난날을 간직한 채 오로지

앞을 향해 내달리던 나는 순식간에 갈가리 찢긴 종잇조각이 되어

흩날리고 있었다.

아무 말도 하지 않는 검사관을 보고 있자니 더 막막했다.

모니터 속의 흰 점이 내게 이렇게 외치는 것 같았다.

"네 배속에 지금 수십 개의 종양이 자라고 있어.

넌 이미 죽음의 문턱에 선 말기 암 환자라고!"

앞으로 겪게 될 상황이 드라마처럼 머리에 펼쳐졌다.

멀지 않은 곳에 죽음이 있다고 생각하니 갑자기 분노가 치솟았다.

'평생 성실하게 살았는데, 양심에 걸리는 일이라곤 해본 적이 없는데

왜 내가 죽을병에 걸린 거지? 절대 받아들일 수 없어!'

하지만 나는 곧 타고난 낙관적인 천성으로 실낱같은 희망을 끌어 모아

스스로를 다독였다. '저 화면은 내 배 속을 찍은 게 아닐지 몰라.

검사원이 파일을 착각했을 수도 있잖아.

내일 아침에 깨면 이 모든 게 악몽이었다는 걸 깨닫게 될 거야.'

이 일은 온갖 경험을 해온 내가 한 번도 겪어보지 못한 상황이었다.

병원 높은 곳에 자리한 병실에 앉아 바라본 창밖 세상은 여전히

바쁘게 돌아가고 있었다.

찬란한 햇빛 속에 나만 홀로 덩그러니 앉아 추위에 떨고 있었다.

———————

병원 침대에선
누구나 작아진다

2012년 겨울, 여느 때처럼 나는 줄줄이 기다리고 있는 일정을 소화하느라 눈코 뜰 새 없이 달리고 있었다. 그런 와중에도 며칠 짬을 내 둘째 딸 더팅과 함께 유럽 여행길에 올랐다. 밤낮 없이 일하느라 딸아이에게 관심을 기울이지 못하던 터라, 그렇게 해서라도 마음의 짐을 덜어볼 요량이었다.

딸아이와 나는 햇볕이 내리쬐는 프랑스 남부의 몇몇 도시에 들렀으며 사람들로 북적대는 이탈리아 베네치아 거리에서 쇼핑을 하고 맛있는 음식을 먹었다. 하지만 나는 어디에서든 인터넷이 되면 베이징의 동료들과 연락을 취했고 전 세계 투자자들과 긴요한 정보를 나눴다. 또 수시로 웨이보에 글을 올리며 국내외 최신 뉴스를 체크했다.

그러던 중 베네치아에서 더팅과 함께 곤돌라에 올라 그 유명한 젤라토 아이스크림을 먹고 있는데 갑자기 아내 셴링에게 전화가 왔다. 아내는 안부 인사 끝에 화제를 돌려 친구의 건강 문제를 이야기하기 시작했다.

"진짜 무서워요! 어제 검사 결과가 나왔는데 폐선암 4기래요. 의사가 예후가 별로 좋지 않다고 했대요."

아름다운 풍경에 정신이 팔린 나는 몇 마디 거들다가 말을 자르려 했지만, 아내는 단호한 말투로 어떻게든 시간을 내 건강검진을 받아보라고 말했다. "그 언니, 얼마나 규칙적으로 생활했는지 알아요? 음식도 싱겁게 먹고 가족력도 없다고요. 그런 사람이 우연히 건강검진을 받았다가 암 말기인 걸 발견한 거야."

"알았어. 하지만 괜한 걱정은 하지 말았으면 좋겠어. 나는 너무 건강해서 탈이니."

"아무리 건강해도 꼭 시간 내서 검사받아요. 둘째 좀 바꿔 봐요. 할 말 있으니까."

나는 전화를 딸에게 건네며 짐짓 우스꽝스러운 표정을 지었다. 더팅은 피식 미소를 짓더니 전화를 받아 엄마에게 애교를 피우며 이런저런 이야기를 나눴다.

나는 산마르코 광장에 앉아 세계 각지에서 몰려든 여행객들과 하늘로 날아오르는 비둘기 떼, 아름다운 운하의 반짝거리는 물결을 바라봤다. 세상이 이렇게 아름답다는 걸 새삼 깨닫는 순간이었다. 하지만 그 순간에도 나는 암세포가 내 몸을 천천히 망가뜨리고 있다는 사실을 전혀 몰랐다.

지옥문 앞에 서다

여행을 마치고 나는 금세 본래의 바쁜 일상으로 돌아왔다. 하지만 셴링은 여전히 내게 대만으로 돌아와 건강검진을 받으라고 재촉했다. 나는 몇 번을 미루다 몇 달이 지나서야 아내 말대로 건강검진을 받았다.

채근하는 아내를 안심시킬 생각으로 일부러 처가 근처의 병원을 잡았는데, 건강검진 당일에는 별다른 문제가 발견되지 않았다. 괜한 짓을 했다 싶었지만 아내의 걱정을 덜었으니 이걸로 됐다고 생각하며 서둘러 베이징으로 돌아왔다. 그러나 3주 뒤 자세한 검사 결과가 나왔고, 내 삶은 폭탄을 맞은 것처럼 완전히 달라졌다.

"리카이푸 선생님, 최대한 빨리 정밀 검사를 받아보시죠!"

병원의 통지를 받던 날, 나는 마침 직원들과 팀빌딩 교육을 하고 있었다. 병원의 연락이 조금 뜻밖이었지만 별일 아닐 거라 여기며 새벽 3시까지 직원들과 어울리다 헤어졌다. 어짜피 여러 정기 회의와 업무 때문에 곧장 타이베이에 갈 수도 없는 상황이었다.

그로부터 며칠이 지나서야 검진을 받은 병원에 갈 수 있었다. 하지만 재검 후에도 의사는 복부 영상에 나타난 음영에 대해 애매한 답변만 했다. 결과를 정확히 알고 싶다는 뜻을 분명히 밝혔지만 의사는 여전히 일관되게 말했다.

"현재는 딱히 뭐라고 말씀드릴 수 없습니다. 다른 검사를 더 해봐야 할 것 같습니다."

솔직히 그때만 해도 큰 걱정이 들지 않았다. '잠도 적게 자고 기름진 음식도 많이 먹으니 좋진 않겠지. 세상에 안 그런 사람이 어디 있어? 병원에서 괜히 돈 많이 벌려는 수작 아냐? 내 몸이 이렇게 멀쩡한데.'

길고 긴 검사과정

병원을 몇 번 오가며 검사를 받았지만 정확한 결과가 나오지 않았다. 가족들은 좀 더 유명한 병원으로 옮겨 다시 검사를 받아야 하는 게 아니냐고 했고, 그런 실랑이 끝에 나는 모든 검사를 처음부터 다시 받아야 했다.

그러기를 무려 두 달. 접수하고 기다리며 여러 과의 진찰실을 오가기를 반복했다. 하지만 그런 뒤에도 의사는 복부의 종양이 원발성인지 아니면 전이된 것인지 정확히 알기 위해 가능한 한 모든 병소를 검사해야 한다고 했다. 덕분에 나는 수차례의 MRI 촬영 외에 전신 CT 촬영, 장내시경, 위내시경까지 할 수 있는 모든 검사를 체험했다.

비즈니스계에서 얼마나 눈부신 성과를 거뒀든 그 순간 내가 할 수 있는 건 아무것도 없었다. 그저 진료 침대에 누워 기다란 촬영 튜브가 구강에서 항문까지 몸 구석구석을 밀고 들어오는 걸 고스란히 느낄 뿐이었다. 그렇게 꼼짝 못하고 있으려니 밑도 끝도 없는 슬픔과 두려움이 밀려왔다.

나는 부정적인 감정에 함몰되지 않기 위해 건강에 아무 문제가 없다고 되뇌며 스스로에게 최면을 걸었다. 하지만 여전히 의사는 내 몸에 어떤 문제가 생긴 건지 속 시원히 알려주지 않았고, 하나하나 검사를 하고 결과를 듣기까지의 과정은 나를 점점 불안하고 초조하게 만들었다. 나는 점차 자제력을 잃고 하루가 다르게 두려움과 분노에 사로잡히게 됐다.

'내가 정말 큰 병에 걸린 건가? 아니야, 아직 할 일이 얼마나 많은데. 내가 죽고 나면 우리 가족은? 회사는 어떻게 되는 거지? 이대로 죽을 수 없어. 하느님이 그렇게 어리석을 리 없잖아!'

중의학에서는 몸이 건강하고 병이 없는 사람을 '평인(平人)'이라 부른다. 건강한 상태를 유지하면서 편안한 날들을 보내는 사람이 평인이다. 반면 건강을 잃고 평탄한 날들에 풍파가 일어 생사를 점칠 수 없고 앞길이 막막해진 사람을 '병자(病者)'라고 일컫는다. 단 한 번도 건강에 신경 쓰지 않고 성공만 추구하던 나는 이 지경에 이르러서야 내가 그 평범한 '평인'도 되지 못한다는 사실을 깨달았다.

그렇게 '평인'이 아닌 '병자'가 되어 별별 검사를 마친 뒤 마지막으로 PET 촬영을 하게 되었다. 검사 당일, 나는 휴대전화를 손에 쥐고 대기실에 멍하니 앉아 이따금 주위를 살폈다. 내 주변 사람들은 하나같이 두렵고 슬픈 얼굴이었다. 다른 사람들이 나를 볼 때도 그럴까? 어쩐지 병원의 냉기가 몹시 강하게 느껴졌다. 내가 너무 얇게 입었나? 옷을 여미며 조금이라도 몸을 더 따뜻하게 하려고 애를 썼다.

그때 한 젊은 의사가 나를 향해 걸어왔다. 검사를 하러 온 선생인가 생각했다. 그는 만면에 미소를 지으며 두 손을 내밀고 말했다. "리카이푸 선생님! 안녕하십니까? 저는 선생님의 팬입니다."

나는 잠시 머뭇대다 겸연쩍게 일어섰다.

"아, 예예. 감사합니다. 그런데 여기서 일하시나 봐요?"

"오늘 선생님이 검사하러 오신다는 말을 듣고 혹시나 해서 와 봤는데 정말 뵙게 됐네요. 선생님 책은 모두 읽었답니다. 덕분에 나아갈 방향을 찾았습니다. 감사합니다!"

그 순간 뜨거운 기운이 훅 치밀어 올라 목이 메고 말았다. 예전에도 종종 이런 말을 들었지만 병원에서, 그것도 이렇게 나약한 모습으로 인사를 받기는 처음이었다. 나 자신도 내 삶에 대해 어찌할 바를 몰라 허둥대는 이 순간, 내가 지난날 했던 일이 은연중에 누군가에게 따뜻한 영향을 줬다는 사실이 작은 위안이 되었다.

그때 한 간호사가 복도로 나와 내 이름을 불렀다. 자리에서 일어난 나는 환자복 차림으로 그 젊은 의사에게 다시 한 번 감사의 말을 전했다.

"감사합니다. 하시는 일 모두 잘 되길 바랍니다."

그러고는 그에게 손을 흔들고 이내 PET 촬영실로 향했다.

"유언장은
천천히 쓰십시오"

　　본래 PET 촬영을 하면 일주일을 기다려야 결과를 알 수 있다. 하지만 아무것도 모른 채　일주일이나 기다려야 한다고 생각하니 견딜 수가 없었다. 나는 용기를 내 검사관에게 다가가 입을 뗐다. "죄송한데 제가…."

　　그는 마우스를 움직이던 손을 멈추고 나를 돌아봤다.

　　"무슨 일이십니까?"

　　"혹시 저한테 먼저 알려주실 순 없을까요? 방금 제가 받은 검사 결과 말입니다."

　　"그건 말씀드릴 수 없죠. 제게는 그런 권한이 없어요."

　　그의 말투가 하도 단호해 기가 죽고 말았다. 하지만 다시 용기를 내어 물었다.

"압니다. 하지만 아무것도 모르는 채 앞으로 일주일 동안 제가 일이 손에 잡히겠습니까? 혹시 잘못 보셨다고 해도 탓하지 않겠습니다. 의사 선생님께도 말하지 않을게요."

"정말 안 됩니다!"

그는 아예 기계 쪽으로 고개를 돌려버렸지만 그대로 물러설 수 없었다. 몇 차례 실랑이 끝에 그는 한숨을 쉬며 말했다.

"제게는 환자에게 검사 결과를 알려줄 권한이 정말 없습니다. 대신, 직접 보세요. 화면에 밝은 점이 몇 개나 있는지 보시면 됩니다."

그러더니 검사 결과가 담긴 파일을 열었다. 나는 그 순간을 놓치지 않고 얼른 모니터 앞에 섰다.

"이런…."

검사관의 얼굴색이 달라졌다. 무슨 일이냐고 재촉하자 그가 할 수 없다는 듯 입을 열었다.

"이런 경우는 흔치 않은데…. 보통 사람은 병변이 많아봐야 두세 개 정도인데 선생님은…."

새카만 화면에 스무 개도 넘는 흰 덩어리들이 보였다. 넋이 나간 채 병원을 나서면서 나락으로 떨어지는 기분을 느꼈다. 머릿속에 별별 생각이 떠올랐다 사라졌다. 그러다가 문득 슬프지만 지극히 이성적인 생각이 떠올랐다.

'만약 앞으로 살날이 얼마 안 남았다면 나는 지금 무얼 준비해야

하는 거지?'

　다음 날 나는 가장 최악의 경우를 대비하기로 마음먹었다. 아내 셴링과 두 딸아이를 위해 어떻게든 유언장을 준비해야 하지 않겠는가. 그 길로 유명한 법률사무소를 찾아갔다. 변호사는 내게 여러 장의 서류를 건네며 한참 동안 유언의 종류와 각종 서류를 작성하기 위한 주의사항을 설명했다. 죽음을 앞두고 법률과 마주하려니 실소가 나왔다. 죽음이 아무리 슬프다 해도 법률은 차갑고 무정하다.

　책상 위에 한 가득 올려진 서류들을 보고 있으려니 삶의 마지막 날이 올지 모른다는 슬픔이 피부로 느껴졌다. 하지만 다른 한편으로는 내가 죽은 뒤의 일들을 어찌 처리해야 할지 냉정하게 판단해야 한다는 생각이 들었다.

　정식 유언장은 전반적인 문제를 신중하게 고려해야 한다. 변호사는 내가 따져봐야 할 몇 가지 방향을 알려줬다. 첫째, 나 혼자 죽었을 때 내 유산을 아내와 두 딸에게 어떻게 나눠줄 것인가? 둘째, 나와 아내가 동시에 죽었을 때 유산을 어떻게 나눠줄 것인가? 셋째, 불행히도 나와 아내, 한 딸이 동시에 죽는다면 유산을 어떻게 처리할 것인가? 넷째, 우리 가족이 동시에 죽는다면 유산을 어떻게 할 것인가?

　맙소사! 이런 가능성들을 차례로 생각하니 춥지 않은 데도 몸이 떨렸다. 사람 사는 일이 이렇게 말이 안 될 수 있나 싶으면서도 각각의 상황을 고려하지 않을 수 없었다. 결국 나는 펜을 들고 한 글자 한 글자 유언장을 써내려갔다.

규정에 따르면 이 네 통의 유언장은 총 24쪽으로, 본인이 직접 손으로 써야 효력이 있었다. 오랫동안 미국에서 생활한 나는 손으로 한문을 쓸 일이 거의 없었다. 나중에 중국에서 일하게 돼 중국어를 많이 쓰게 됐지만 그때에도 주로 컴퓨터 자판을 이용했다. 제대로 된 유언장을 남기기 위해 모든 글자를 직접 반듯하게 적어 넣어야 했는데, 각각의 빈칸에 이름, 주소, 전화번호, 신분증 번호 등 어느 한 글자도 잘못 적어선 안 되었다. 한 곳이라도 틀리면 처음부터 전부 다시 써야 했기 때문이다.

변호사는 두꺼운 서류뭉치 앞에 두고 할 말을 잃은 내게 의미 깊은 한마디를 건넸다.

"리카이푸 선생님, 서두르지 말고 천천히 쓰십시오."

하지만 살날이 얼마 남지 않았다는 생각에 가슴이 떨릴 지경인데 어떻게 서두르지 않고 천천히 쓰겠는가? 다른 사람들은 어떻게 이걸 쓰는지 모를 일이다. 건강한 사람도 스무 장이 넘는 글을 쓰려면 힘이 들 텐데, 나는 심신이 피곤한 데다 가슴마저 답답한 지경이라 불쑥 짜증 섞인 초조함이 치밀었다.

'내 나이가 이제 겨우 쉰이 넘었는데 이렇게 인생이 끝난다고?'

두 번째 유언장을 쓰려고 할 때, 나는 이미 수십 번 글자를 옮겨 적은 탓에 속이 터지기 일보직전이었다.

"이게 사람을 괴롭히는 게 아니고 뭐야! 무슨 힘이 나서 이런 글을 쓸 수 있겠어. 곧 죽을지도 모르는데."

쓰는 내내 마음을 다스리기가 어려웠지만, 셴링과 아이들을 위해 꼬박 하루 반나절이 걸려 이 힘든 일을 결국 완성해냈다. 그러고는 슬프고도 불안한 마음을 안은 채 집으로 돌아왔다. 가족들이 무슨 일이냐며 관심 어린 질문을 던졌지만 도무지 어떻게 입을 떼야 할지 알 수 없었다. 유언장을 쓴 일은 차마 언급조차 할 수 없었기에 그저 얼버무리며 말을 흐렸다. 이후 며칠은 평소나 다름없이 일했지만 나는 결코 잘 지낼 수 없었다. 생각도 안정이 되지 않을뿐더러 잠도 제대로 잘 수 없었기 때문이다.

죽음을
인정한다는 것

일주일 뒤 마침내 정식 검사 결과가 나왔다. 의사는 내게 PET 필름을 보여줬지만 내 눈을 똑바로 보지 않고 현재 상황에 대해 이야기했다. 그는 내게 PET가 100퍼센트 정확하지는 않으며 복부에 찍힌 20여 개의 밝은 점도 악성 종양이 아니라 염증일 수 있다고 위로하듯 말했다.

"염증이 아니고 종양이면 어떻게 되는 건가요?"

무심코 묻자 의사는 고개를 저으며 천천히 입을 열었다.

"지금은 지나치게 비관적인 것도, 지나치게 낙관적인 것도 좋지 않아요. 순리대로 하나씩 짚어 보시죠. 먼저 복부 천자(穿刺, 바늘 또는 관을 꽂아 체액·조직을 뽑거나 약물을 주입하는 일-옮긴이)를 해 이것들이 뭔지 살펴보면 어떨까요?"

사라지는 희망을 애써 부여잡으며 어떻게든 다시 힘을 내야 한다고 생각했다. 환자에게 가장 필요한 건 믿음과 용기가 아닌가. 예전에도 나는 어떤 고난이든 스스로를 믿으며 끝내 해결해냈다. 그러나 이번에도 내 몸과 함께 어떻게든 이 난관을 돌파할 수 있다고 믿어야 했다.

하지만 막상 복부 천자 검사를 하게 됐을 때 내 믿음은 와르르 무너져 버렸다. 의사는 내게 30센티미터 정도 되는 긴 바늘을 보여주며 먼저 속이 빈 주사기를 복부에 꽂고 그 안에 얇은 바늘을 삽입해 세포 조직을 추출해낼 거라고 했다. 또한 자칫 다른 곳을 찌르면 검사 자체가 허사가 될 수 있으니 천자를 할 때 조금도 움직여선 안 된다고 당부했다.

멀쩡히 눈을 뜬 채 나는 긴 바늘이 천천히 내 배 속으로 들어오는 걸 지켜봐야만 했다. 국부 마취를 하긴 했지만, 총 스무 번이 넘게 천자를 하느라 의사는 물론 나 역시도 기진맥진해버렸다. 그때 느낀 심리적 충격과 공포는 말로 형언할 수 없다.

나는 스스로에 대한 믿음이 굳건한 사람이라고 생각해왔다. 젊은 친구들에게도 자신에 대한 믿음이 얼마나 중요한지 자주 강조하곤 했다. 하지만 병마로 인해 고통 받거나 생명이 위협받는 상황에 놓이면 지난날 이성으로 쌓아둔 믿음 따위는 아무 소용이 없다는 사실을 전혀 알지 못했다. 나는 마냥 도망가고 싶었다. 아니, 아이처럼 엉엉 울고 싶었다.

나중에야 알게 됐지만 이런 심리는 몸이 보이는 본능적인 반응으로 생명의 자기방어 시스템이라고 한다. 다만 나는 의지력으로 모든 것을 통제해오다 병에 걸리고 나서야 아픔에 대한 몸의 반응은 내가 통제할 수 없다는 걸 알게 된 것이다.

그날 밤 나는 침대에 누워 몸을 뒤척이며 온갖 상념에 빠졌다. 한동안 멈출 수밖에 없는 업무에 대해 생각하다가도 열정을 갖고 일하는 직장 동료들이 떠올랐다. 그러나 내 세상은 이미 완전히 달라져 있었다. 나는 마치 유리로 된 집에 갇힌 것처럼, 바깥세상을 볼수는 있지만 발을 들일 수는 없게 됐다.

어머니와 가족들을 생각하면 못 해준 일만 생각나 괴로웠다. 아흔 살을 훌쩍 넘긴 어머니에게 나는 늦게 얻은 귀한 막내아들이었다. 어머니는 늘 나를 애지중지하셨지만 열한 살에 미국 유학길에 오른 나는 학업을 마친 뒤에도 계속 외국에 머물며 일하느라 어머니를 뵐 기회가 드물었다. 어머니와 함께하는 건 짧은 휴가 때뿐이었다. 어머니는 분명 문에 기대어 서서 언제 돌아올지 모를 막내아들을 기다리셨을 것이다. 짙은 어둠이 내려앉은 그 밤, 나는 끝내 눈물을 터뜨리고 말았다.

스위스 출신의 정신과 의사로 평생 죽음에 관해 연구한 엘리자

베스 퀴블러 로스는 사람이 질병이나 죽음, 슬픔 등 엄청난 실의에 맞서게 됐을 때 '부인, 분노, 협상, 우울, 수용'이라는 5단계 심리 반응을 보인다고 말했다.

확진을 기다리는 동안 내 기분은 시시각각 강한 부정과 분노를 오갔다. 화를 발산할 방법이 없어 매일같이 인터넷에서 독한 설전을 벌이기도 했다. 대체 내가 무슨 잘못을 했단 말인가? 왜 이런 상황에 놓이게 되었는가? 머릿속으로 그 답을 찾으려고 생각하고 또 생각했다.

베이징을 뒤덮은 황사 혹은 폐식용유 때문일까? 일로 인한 스트레스 때문일까? 지나치게 시간의 효율만 따지며 살다 보니 정신적으로도 긴장이 컸던 걸까? 그도 아니면 타고난 승부욕이 세포의 불안을 초래했나?

검사제를 빨아들여 반짝반짝 빛나던 20여 개의 덩어리들이 뇌리에서 떠나지 않았고, 아무리 노력해도 좀처럼 평정심을 찾지 못했다. 지난날 밤낮없이 몸을 혹사시킨 탓에 이 지경에 이르렀다는 것을 받아들인 후, 이제는 온갖 신을 찾으며 흥정을 시작했다.

"부디 한 번만 더 기회를 주십시오. 그렇게만 해주시면 예전의 잘못들을 모두 고치고…."

그렇게 간절히 기도하며 암을 피해갈 수만 있다면 건강을 해치는 나쁜 습관을 모두 바꾸겠노라고 약속했다. 하지만 정말 피할 수 없는 일이라면 어머니와 아내, 두 딸에게 못 해준 것을 갚을 수 있는 시간을 달라고 빌었다.

나는 가족을 비롯해 내가 하는 일까지 여전히 이뤄야 할 꿈이 많았다. 그 때문에 절망의 와중에서도 살아야겠다는 의지를 놓을 수 없었다. 하지만 냉정하게 생각해볼 때, 내 의지가 현실을 이겨낼 수 있을지는 전혀 알 수 없는 노릇이었다.

림프종 4기 진단을
받던 날

천자 검사 전날 지인들과 식사모임을 가졌다. 자리를 함께한 지인 중 몇 사람이 내 모습이 전에 비해 많이 야위었다는 걸 눈치챘다. 특히 나와 각별한 관계였던 한 분은 조용히 나를 한쪽으로 끌고 가더니 자세한 정황을 묻지도 않고 진지하게 말했다.

"카이푸! 어느 누구도 자기 건강에 대해 장담할 수 없다네. 이렇게 하지. 내가 전에 동생을 구하려고 이곳저곳 알아보다가 아주 유능한 종양 전문의와 친구가 됐거든. 연락을 해둘 테니 거길 한번 가보라고."

그렇게 말하면서 그는 이미 전화를 걸고 있었다.

그분의 도움으로 나는 대만대학병원으로 옮겨 보다 전문적인 치료를 받을 수 있었다. 그곳 의료진은 복강경 수술로 종양 샘플을 채

취해 다시 조직 배양을 했고 이틀 뒤 검사 결과를 알려주었다.

"리카이푸 선생님, 림프종 4기입니다."

주치의의 말에 진찰실의 공기가 순간 무거워졌다. 내 곁에 세 명의 의사가 함께하고 있었지만 그 누구도 나를 똑바로 바라보지 못했다. 내 눈길은 주치의를 향했고 그는 피하려는 듯 얼른 고개를 숙였다가 이내 다시 나를 바라봤다.

"그럴 리가요. 저는 아픈 데가 없습니다."

일찌감치 짐작은 하고 있었지만 다시 되물을 수밖에 없었다. 검사 결과가 내 복부에 20여 개의 림프종양이 있다는 걸 명확히 보여주기는 했다. 하지만 수면 부족을 제외하고는 림프종의 주요 증상인 식은땀이나 불면증, 가려움증, 발열, 멍울 등 어떤 증세도 나타나지 않고 있었다.

"그렇습니다. 확실히 그렇죠. 선생님의 상황은 매우 특수합니다. 선생님의 사례를 미국의 몇몇 전문가들에게 보내 토론을 해봤는데요. 선생님의 암세포는 모두 하복부에 집중된 데다 횡격막 위로 번지지 않았고 골수에도 감염되지 않았습니다. 하지만 종양의 수가 지나치게 많아 엄격히 말하면 4기라고 할 수밖에 없습니다."

돌에 맞은 것처럼 머릿속이 아득해졌다.

"하지만 너무 긴장하실 필요는 없습니다. 림프종 4기는 말기 암이라고는 하나 폐암이나 간암 4기에 비하면 나은 편입니다. 물론 낙관적이라고 할 수는 없지만 치료할 수 있는 가능성이 훨씬 크다고 봐야 합니다."

주치의는 서둘러 나를 안심시켰지만, 림프종은 완치가 있을 수 없고 평생 몸 안에 잠복해 있게 된다는 말도 덧붙였다. 언제 터질지 모르는 폭탄을 안고 살아야 한다는 말이었다. 이 무렵 앞선 병원의 검사 결과도 나왔는데 답은 마찬가지였다.

다섯째 누나의 말에 따르면 나는 좋은 운명을 타고난 아이었다. 부모님은 늦둥이로 태어난 나를 애지중지 아끼셨고, 누나들도 나를 끔찍이 아꼈다. 공부도 취업도 거칠 것이 없었고, 일을 하는 동안 약간의 풍파는 있었지만 대체로 순조로웠고 가정생활 역시 행복했다.

더군다나 나는 인생의 황금기인 30~40대를 세계 최고의 기업으로 손꼽히는 애플과 마이크로소프트, 구글에서 일하는 행운을 누렸다. 마지막으로 근무한 구글에서는 좋은 조건을 제시하며 나를 잡으려 했지만 자신감에 가득 찼던 나는 이를 거부한 채 직접 회사를 세웠다. 각계에서 내 사업에 투자하겠다는 사람들이 나섰고 나와 뜻을 함께하겠다는 인재들도 많았다. 뿐만 아니라 나는 웨이보에서 5,000만 명 이상의 팔로어를 기반으로 하루가 다르게 영향력을 키워가고 있었다. 내가 하는 모든 일은 완벽에 가까웠다.

하지만 바로 그때 하늘은 뼈아픈 일격을 가했다.

의사가 림프종이란 확진을 내리기 전까지 나는 실낱같은 희망과 기대를 품고 있었다. 그 때문에 어쩌면 림프종 4기일 수도 있다는 소식을 누구에게도 알리지 않았다. 하지만 눈앞에서 병을 확인한 순간 더 이상의 부정은 무의미했다.

림프종 확진을 받은 후 아내 얼굴이 가장 먼저 떠올랐다. 아내에게 어떻게 말을 꺼내야 할까? 아내는 스물두 살에 나와 결혼한 뒤로 온 힘을 가정에 쏟아왔다. 그녀에게 나와 아이들은 세상 전부였다. 내가 없으면 그녀는 어떻게 살아간단 말인가? 또 아이들은 어쩌지? 가슴이 찢어졌다. 남자는 쉽게 눈물을 보여선 안 된다는 말은 무용지물이었다. 어느 순간 나는 눈물을 흘리고 있었다.

절망에서 벗어나
희망을 찾기까지

림프종 4기 진단을 받고 놀라지 않을 사람이 있을까. 더구나 주치의 탕 선생은 림프종 4기가 다른 말기 암보다 낫긴 하지만 내 상황은 낙관적이지 않다고 말했다.

처음에 나는 당황한 나머지 내 증상이 정말 4기가 맞는지 인터넷을 뒤지기도 했다. 하지만 너무 간단하게 도식화된 자료나 증상 하나만 두고 과장되게 설명한 자료를 보고 있자니 가슴이 두근대 그나마 남아있던 정신도 날아갈 지경이었다.

그동안 나는 '대가를 치르면 보답을 얻을 수 있다'고 굳게 믿었다. 그래서 출장을 갈 때도 밤 비행기를 택해 비행기에서 밤을 새우며 일한 뒤 바로 협상 테이블에 앉았다. 직원들에게는 밤이든 낮이든 메일을 받으면 10분 안에 회신을 주겠다고 약속했고, 그 약속을 지키기 위해 침대 머리맡에 항상 노트북 전원을 켜 두었다. 최고로 효율을 내려면 결코 게을러선 안 된다고 생각했기 때문이다. 그러나 나는 결국 이 모든 행동에 대한 벌로 엄중한 대가를 치르게 됐다. 그렇게나 자랑스러워하던 효율은 결국 배 속에서 반짝이는 종양으로 변하고 말았다.

결국 나는 내 인생을 지배하던 효율을 버리고, 무엇이 됐든 암으로부터 나를 구할 수 있는 방법을 찾으려 노력했다. 그러던 중 관심을 갖게 된 것이 중의(中醫)였다. 중의는 질병의 생리적 형성 원인을 찾아낼 수 있을뿐더러 병에 걸리지 않았을 때에도 병이 될 만한 요인을 미리 치료할 수 있다고 하지 않는가. 하지만 나는 이미 병에 걸렸고, 병의 원인을 찾는다 해도 빠른 시간 내에 좋아질 수는 없었다. 결국 내가 취할 수 있는 방법은 중의학과 서양의학을 병행해 하루라도 빨리 건강을 회복할 수 있게 다방면으로 노력하는 것뿐이었다.

한번은 친구의 소개를 받아 어느 명의를 찾아갔는데 그가 치료한 환자 중에는 이름만 대면 알 만한 인사들이 적지 않다고 했다. 그는 내 맥을 짚어보더니 확실히 종양이 있긴 하지만 큰일은 없을 거라며 열을 발산시켜 어혈을 삭이는 약을 지어주겠다고 했다. 나는 얼른 여러 첩의 약을 받아와 열심히 달여 먹었다.

그러던 어느 날, 주치의 탕 선생이 나의 각종 검사 보고를 살펴보다가 무심코 한 마디 던졌다.

"혹시 다른 영양제나 탕약을 복용하십니까?"

"무슨 문제라도 있나요?"

나는 탕약을 먹는다고 먼저 말하지 못하고 조금 머뭇거렸다.

"지금은 큰 이상이 없는데요. 하지만 한 가지 꼭 알려드리자면 중의약은 성분이 복잡해 측정하기 어려울 수 있어요. 전체 치료 과정을 컨트롤해야 하는 입장에서 치료 기간 동안은 탕약 같은 건 드시지 마셨으면 합니다."

탕 선생의 태도는 부드러웠지만 말투는 평소와 달리 매우 단호했다. 하지만 나는 입을 다물지 못하고 다급히 탕 선생에게 물었다.

"그렇다고 해도 몸이란 게 원래 완벽히 컨트롤할 수는 없지 않습니까? 중의약이 측정할 수 없는 효과를 일으켜 몸이 좀 더 빨리 좋아지게 할지 누가 압니까?"

"틀린 말은 아닙니다. 병세가 좋아진다면 당연히 시도할 법한 일이죠. 문제는 저희 같은 의사는 중의약이 일으키는 반응이 무엇인지 또 어떻게 대처해야 할지 모른다는 겁니다. 만일에 중의약 때문에 몸이 안 좋아진다면 그때는 어떻게 합니까?"

그의 말을 듣고 보니 의사와 환자 간에 이런 문제에 대해 이야기를 나눌 필요가 있다는 생각이 들었다. 결국 나는 곰곰이 생각한 뒤 탕 선생의 의견을 받아들여 잠시 탕약을 끊기로 했다. 하지만 스스로 내 몸을 구하려는 첫 시도가 불발로 끝나니 아쉬웠다.

'탕약을 먹을 수 없다면 음식으로 건강을 보완하는 건 상관없지 않을까?'

나는 또 다른 중의사를 찾아갔다. 이번에 받은 치료법은 생강 달인 물로 체질을 개선하는 것이었다. 하지만 그도 잠시, 생강을 끓인 물은 냄새가 심할 뿐 아니라 너무 매워 입에 대기조차 힘이 들었다.

중의학 외에도 여러 치료법을 시도했다. 단 한 가닥의 생기라도 되찾을 수 있다면 백전백패한다고 해도 절대 포기할 수 없었다. 무엇이든 암을 치료하는 데 도움이 된다고 하면 만사를 제쳐두고 달려갔다. 마치 회사 일을 하는 것처럼 자료 조사에 매달렸고 항암에 효과가 있다는 음식이나 건강보조식품들을 약처럼 먹었다.

만약 몸이 아프지 않았다면 암 치료법이 이렇게 많은지, 비주류 의학에서 몸과 질병을 대하는 관점이 주류 의학과 이렇게 다른지 전혀 알지 못했을 것이다. 생사의 갈림길에 선 사람의 마음이 어떤지 나는 온몸으로 체험하고 있었다. 화학요법을 한다 해도 생존율을 가늠하기 어려운 상황에서 마음은 갈피를 잡지 못했다.

본격적인 치료가 시작되기 전까지 나는 무지(無知)와 미지(未知)에 갇혀 정작 해야 할 일들을 아무것도 못하고 있었다. 그저 하루라도 빨리 병원을 떠나 내 집 침대에서 편히 잘 수 있기를 바랄 뿐이었다.

　그런 내가 마음을 다잡게 된 건 주치의와 진심 어린 소통을 하면서부터였다. 주치의 탕 선생은 병세에 대한 판독이 과감하고 정확했고 환자와 논리적으로 소통하려는 사람이었다. 그는 내게 림프종 4기의 예후가 다른 말기 암과 다르다는 걸 강조했다. 사실 나는 대개의 의사가 환자의 심리적 스트레스를 낮춰주려 한다는 걸 잘 알고 있었기 때문에 그의 이야기에 반신반의했다. 그런 내게 탕 선생은 소포성 림프종의 생존율에 관한 논문들을 알려주며 직접 찾아보라고 했다.

　나는 그가 알려준 논문들을 찾아 열심히 읽으며 한 가지 사실을 깨닫게 되었다. 스스로 병세를 연구한다는 건 자동차 보조석에 앉아서도 길의 상황을 파악하고 있는 것과 다르지 않다는 것을.

　중국 〈인민일보〉 기자로 일하다 폐암 판정을 받은 링즈쥔은 수년간의 투병 생활을 담은 책에서 "암 환자 중 더 이상 손을 쓸 수 없어 죽는 이는 3분의 1에 불과하다. 반면 또 다른 3분의 1은 암이란 병명에 놀라서 죽고 만다"라고 말했다. 결국 암 환자의 상당수가 자신의 병을 잘 모르고 지레 놀라 고통을 자초하는 것이다.

　나는 암 환자의 생존율을 판단할 때 사용되는 20여 가지 특징과 내 검사 결과를 비교한 끝에 나는 4기이기는 하지만 전체적인 상황이 그리 비관적이지 않다는 사실을 깨달았다. 내가 찾아본 논문들은 하나같이 이렇게 말하고 있었다. 일반적인 기준에 따르면 나는 종양의 수가 많아 4기로 구분될 수밖에 없지만, 단순히 종양의 수만을 보는 것이 정확한 기준이 되지 않는다고 말이다. 또한 몇 개인가를 따지기보다는 연령이나 환경, 실제 증상 등 여러 가지 요인을 감안하고, 또 어떠한 요인이 생존에 가장 큰 영향을 미치는지를 아는 것이 무엇보다 중요한 일이었다.

논문을 읽던 나는 흥분한 나머지 한밤중에 서재에서 벌떡 일어나 침실로 달려가서 자고 있던 아내를 깨웠다. 신기한 건 그 이후로 암 때문에 생긴 모든 부정적인 변화들이 사라졌다는 것이다. 뿐만 아니라 암을 더 이상 용서할 수 없는 흉악한 적이 아니라 내가 나일 수 있는 중요한 부분으로 서서히 받아들이게 되었다.

그날 밤 이후 나는 진정제를 먹은 것처럼 두려움에서 벗어났고 담담히 모든 치료를 받기로 마음먹었다. 나 스스로 이 절망에서 벗어나 다시 살 수 있다고 믿게 된 것이다.

치료,
내 몸의 나약함을 깨닫는 과정

치료를 시작하기 전 주치의인 탕 선생은 치료 때문에 생길 수 있는 모든 가능성을 상세히 설명하면서 내가 직접 치료법을 선택하도록 권유했다. 나 역시 암 치료와 관련된 자료를 많이 찾아봤기 때문에 소포성 림프종 치료방법이 크게 항암화학요법과 표적치료 두 가지 있다는 것을 알고 있었다. 문제는 항암화학요법이었다.

림프종은 항암화학요법이 어느 정도 실효가 있다 하더라도, 치료 중에 종양이 2센티미터 이상 자라면 약물을 바꿔서 치료를 해야만 한다. 효과가 큰 대신 부작용이 강한 약물을 써야 하는 것이다. 또한 암이 골수로 전이되면 치명적인 상황에 이르게 돼 치료법에도 많은 제약이 생긴다.

요새는 의료기술과 생물의학이 빠르게 발전해 여러 가지 새로운 치료 사례가 늘고 있다. 이를테면 속수무책이던 급성골수성 백혈병 환자가 면역요법을 통해 치료에 성공하기도 한다. 림프종의 경우 생존에 대한 믿음이 확고한 환자들의 경우 먼저 몸의 상태를 관찰하면서 생활태도, 식사, 기분 등을 조절하는 방식으로 치료를 하는 예도 있다.

"항암화학요법을 하지 않을 수도 있습니다. 하지만 그럴 경우 완전히 안심하실 수 있겠습니까?" 탕 선생이 물었다.

그 순간 망설였다. 주변에는 다른 치료를 권하는 사람이 꽤 있었다. 어떤 이는 항암화학요법이 마치 독약처럼 몸을 혹사시키고 병만 더 심해지게 만든다고 말하기도 했다.

"가장 적당한 방법은 항암화학요법과 표적치료를 동시에 진행하는 겁니다." 머뭇거리는 내게 탕 선생이 다시 말했다.

"과학기술을 다루는 사람들은 평소에는 뭘 해도 이성적이지만 막상 병에 걸리면 스트레스에 시달려 침착함을 잃게 돼죠. 사실 저도 그랬답니다."

그는 따뜻한 미소를 지어보이며 자신의 경험담을 들려줬다. 지방간에 걸려 혈당과 혈액 지질, 간 기능이 모두 기준치를 넘었는데 한동안 방황하다가 과학적으로 건강관리를 하겠다고 다시 결심한 뒤 1년에 13킬로그램을 감량해 정상으로 회복됐다는 것이었다. 담담하게 자기 이야기를 전한 그는 다시 화제를 내게 돌렸다.

"선생님께 쓸 항암제는 비교적 부작용이 적습니다. 머리카락이 빠지지도 않으니 다행이죠. 함께 힘을 모아 종양을 제거해봅시다."

나는 고개를 끄덕였다. 사실 그가 자신의 경험담을 들려주기 전에 나는 이미 마음의 준비를 하고 있었다. 다만 탕 선생의 진실한 태도가 마지막 걱정을 내려놓게 했다. 탕 선생이 병실을 나설 때 나는 악수를 청하며 내게 믿음을 줘서 고맙다고 말했다.

몸에 불어 닥친 폭풍

나는 항암화학요법과 표적치료를 동시에 받기로 결심했다. 그러려면 한 번에 길면 5~6일, 짧으면 3~4일을 입원해야 했다. 첫 치료를 위해 입원하던 날, 다시 두려움이 몰려왔다. 사실 나는 열한 살에 미국 유학을 떠날 때도 어디서 그런 용기가 났는지 별다른 걱정을 하지 않았다. 하지만 병실에 들어서 병원 특유의 냄새가 훅 끼쳐온 순간, 심장이 끝없는 심연으로 가라앉고 말았다.

간호사가 익숙한 듯 환자 명찰과 병실 카드를 침대 머리맡에 꽂은 다음 동행한 둘째 누나에게 주의사항을 일러주었다. 그러고는 나를 침대에 눕히더니 팔에 주사를 꽂고 링거대에 연결시켰다. 잠시 후 탕 선생이 레지던트들과 함께 병실로 들어왔다. 그는 항암제를 투여하기 전에 구토와 어지러움, 세균 감염을 방지하기 위해 보조약물을 주사해야 한다고 설명했다. 곁에 있던 둘째 누나가 열심히 받아 적으며 이런저런 질문을 던졌지만, 나는 링거 탓인지 정신이 아득해져왔다. 탕 선생은 그런 나를 두고 항암화학요법에 대해 대수롭지 않게 설명을 이어나간 뒤 병실을 떠났다.

그러나 내가 겪은 항암화학요법의 부작용은 상상할 수 없는 수준이었다. 첫 번째 예방성 항생제를 맞은 후 30분이 채 지나지 않아 구역질이 나왔다. 침대 위에 엎드려 헛구역질을 해대는 내게 누나와 매형이 차와 물, 수건을 건넸지만 아무 도움이 되지 않았다. 두 사람은 눈을 동그랗게 뜬 채 고통스러워하는 나를 지켜봐야만 했다. 그렇게 몇 번이나 몸에 폭풍이 지나간 뒤 하루 동안의 표적치료와 이틀이 걸리는 항암화학요법을 받고 병원에 머물며 몸 상태를 관찰했다.

처음에 나타난 거부반응은 점차 안정됐고 이후에 받은 표적치료는 오히려 특별히 힘든 후유증이 없었다. 하지만 의사는 처음 치료를 하게 되면 약이 몸에 잘 맞는지, 과민반응은 없는지 살펴봐야 한다고 했다. 그 때문에 링거도 매우 느리게 맞았는데 낮부터 시작해 밤이 돼서야 끝났다. 뿐만 아니라 그 뒤에도 계속 간호 업무가 이어져 제대로 잠을 잘 수 없었다.

그런데 이틀 동안 이어진 항암화학요법은 더욱 죽을 맛이었다. 내게 투여된 항암제는 반응이 과하지 않을 거라고 했지만, 탕 선생이 말한 가벼운 부작용은 거대한 파도 같았다. 제토제를 맞아도 계속 구토감이 일어 견딜 수가 없었다. 더 괴로운 건 아무리 토하려고 해도 헛구역질에 그친다는 것이었다. 위는 완전히 뒤집어진 것 같았고 얼굴은 눈물과 콧물로 뒤범벅이 됐다. 얼마나 고통스러웠던지 나는 얼굴을 닦아주려는 누나의 손길마저도 매몰차게 뿌리쳤다.

더구나 구토를 억누르는 주사는 심각한 변비를 유발한다는 부작용이 있었다. 변의를 강하게 느껴도 실제로 배설하지는 못해 하루 종일 초조한 기분이 들었고, 설사약을 먹어도 별 소용이 없었다. 설혹 배변을 해도 아주 소량이었고, 변을 다 보고 나면 지나치게 힘을 쓴 탓에 얼굴의 실핏줄이 다 터지고 온몸은 땀으로 흠뻑 젖었다.

뿐만 아니라 면역력이 떨어지는 치료기간에 감염이 생기면 큰일이기 때문에, 변비로 인해 항문이 파열되지 않는지도 계속 관찰해야 했다. 딸아이를 돌보느라 아직 베이징에 머물던 아내를 대신해 매형이 그 일을 대신했다. 처음에는 매형에게 내 몸을 맡긴다는 것이 부끄러웠지만 나는 이미 본래의 내가 아니었다. 그저 모든 걸 흘러가는 대로 내버려둘 따름이었다.

인공혈관을 꽂던 날

항암치료를 시행하면서 장기간에 걸쳐 자주 주사를 맞으려면 인공혈관을 삽입해야 한다. 그래야만 정맥에 약물을 주사하거나 수혈하고 피를 뽑기 편하기 때문이다.

첫 항암화학요법을 받을 때 의사는 내게 인공혈관을 심자고 했었다. 아무런 마음의 준비가 없던 나는 표적치료와 항암화학요법이 스스로 감당할 수 있는 최대치였기 때문에 다른 수술은 도무지 감당할 자신이 없었다. 난감해하는 내 모습을 본 의사는 별수 없다는 듯 일단 두고 보자고 말했다.

하지만 항암화학요법을 두 번 받은 뒤 내 양쪽 팔은 잦은 주사로 시퍼렇게 멍이 들었다. 또한 혈관이 딱딱하게 위축된 탓에 간호사는 혈관을 잘 찾지 못했고 간신히 찾아도 주삿바늘이 들어가지 않아 애를 먹었다. 결국 세 번째 항암화학요법을 마친 뒤 다시 인공혈관 삽입을 권유받았다.

내게는 더 이상 반항할 힘이 없었고 결국 수술대에 올랐다. 한 시간 남짓한 작은 수술이었지만 내게는 악몽과도 같았다. 대개의 환자들은 가슴이나 어깨 아래에 인공혈관을 삽입했지만 나는 목 아래에 삽입해야 했다. 국부 마취를 한 나는 멀쩡한 정신으로 의사가 칼로 내 목을 긋는 것을 지켜봐야 했다. 그때의 충격이 얼마나 컸던지 나중에는 번쩍이는 칼을 든 사람이 찾아와 내 목을 베는 꿈을 꾸기도 했다.

이런 악몽을 자주 꾸자 셴링은 농담 삼아 한마디 던졌다.

"당신이 나한테 나쁜 장난을 많이 해서 벌 받는 거야. 그렇게 날 놀라게 하더니 지금은 자기를 놀라게 하네?"

아내는 공포영화를 좋아했는데, 긴장되는 장면이 나오면 유독 겁을 내며 눈을 가린 채 내게 묻곤 했다. "지나갔어? 지나갔어?"

그럴 때마다 나는 아내를 놀릴 심산으로 가장 무서운 장면에서 눈을 뜨라고 했다. 아내는 칼로 목을 베는 장면을 가장 무서워했는데, 나는 일부러 그 장면을 보도록 몇 번이나 장난을 쳤다. 그런데 이번에는 수술대 위에 올라 의사가 내 목을 긋게 하더니 급기야 악몽까지 꾸게 된 것이다. 정말로 아내에게 지은 죄가 많아 벌을 받았지 싶다.

연이은 치료가 끝난 뒤 인공혈관을 제거할 수 있었지만 치료 기간 동안 주사 맞는 일을 비롯한 아주 작은 일들이 더 이상 사소하게 느껴지지 않았다.

치료하는 기간 동안 내가 매일 따진 건 겉으로 보기에는 너무도 사소한 일이었다. 하지만 이런 작은 일들이 건강과 치료의 진도 및 효과에 큰 영향을 끼쳤다. 이를테면 항암화학요법을 할 때는 무얼 먹고 마시든 용량과 중량을 계산해야 했다. 심지어 대소변과 토사물까지 측정해야 하니 번거롭기 짝이 없었다. 당시 나는 항암 보조 약품 때문에 생긴 심각한 변비로 고생이 말도 못했는데 어느 날 배변에 성공하면 얼마나 기뻤는지 모른다. 꾸준한 성장세를 기록한 회사 실적 보고서를 볼 때보다 몇 배는 기뻤다.

항암화학요법이 끝나자 음식을 먹고 마시는 간단한 일이 엄청나게 나를 괴롭히기 시작했다. 많은 양의 약물을 복용하고 주사한 탓에 입 안에는 수시로 이상한 약맛이 올라왔고 구강 점막이 헐어 식욕도 떨어졌다. 의사는 체력을 보충하기 위해 가능한 한 많이 먹으라고 주문했지만 나로서는 정말 견디기 힘든 고통이었다.

항암화학요법을 끝내고 집으로 돌아갈 때마다 누나들은 내가 무사히 한 고비를 넘긴 것을 축하해주려고 가족들을 모두 불러 한 식당에서 밥을 먹었다. 가족들은 내가 처음에 잘 먹고 먹는 양도 회복된 걸 보더니 그 뒤로 늘 같은 식당에 갔다. 그렇게 몇 번이나 같은 곳에 가다 보니 나중에는 항암화학요법이나 그 식당이나 피차 일반이 됐다. 그 식당을 떠올리면 나도 모르게 헛구역질이 나왔기 때문이다.

사람의 몸이 그토록 감성적이라는 걸 치료 중에 깨달았다. 사소하고 간단하게 생각되던 모든 일들이 어느 것 하나 당연하지 않다는 걸 그제야 알게 되었다. 그 종잡을 수 없는 변화는 이성이나 과학으로는 도저히 분석해낼 수 없는 것들이었다.

암이
내게 준 선물

암과 싸우는 동안 표적치료를 포함한 항암화학요법을 매달 한 번씩 6개월 연속으로 받았다. 그동안 겉으로 드러나는 이상은 없었지만 수시로 찾아드는 구토와 어지럼증, 체력 부족 등 치료의 부작용이 내 생활에 지속적인 영향을 끼쳤다. 그러나 그보다 더 큰 문제는 면역력 저하로 인해 언제 세균 감염이 일어날지 알 수 없다는 점이었다.

어떤 유형의 암 환자든 항암화학요법 뒤에는 면역력이 극도로 떨어지기 때문에 발생 가능한 각종 감염을 특히 조심해야 하며 이를 위해 아주 강한 예방성 약물을 써야 한다. 그러나 신형 항생제의 꾸준한 발전만큼 세균의 저항성도 강해져 암 환자에게는 항암요법 뒤의 면역력 기능이 무엇보다 중요하다. 나와 같은 림프종 환자이자 생사학(生死學) 전문가였던 어느 교수도 세균 감염으로 세상을 떠났다. 급성 골수성 백혈병에 걸린 친구의 아이는 항암화학요법 뒤에 원인을 알 수 없는 감염으로 비장이 부어 결국 암치료를 중단하고 비장을 제거해야 했다.

독학으로 이미 면역력의 중요성을 알고 있던 나였지만 막상 치료를 하면서 일이 그리 간단치 않음을 눈치챘다. 치료 후반기에 들어서 몇몇 지수가 정상 범위를 벗어났는데, 그중 심각한 것이 백혈구 수치였다. 한번은 백혈구가 갑자기 1,000개 정도로 떨어졌다(4,000에서 1만 개 정도가 정상 범위다). 덕분에 나는 응급실로 실려가 백혈구의 성장을 자극하는 주사제를 맞았다.

혹시나 있을지 모를 위험을 대비하기 위해 의사는 내 아내에게 주사 놓는 법을 연습을 하라고 권했다. 셴링은 울며 겨자 먹기로 주사법을 배웠지만 워낙 겁이 많던 터라 긴장하는 모습이 역력했다. 처음 주사를 놓던 날 그녀는 손을 부들부들 떨었고 그 모습을 본 나 역시 긴장한 나머지 근육이 팽팽해졌다. 결국 그녀가 주사를 놓은 순간 근육이 수축되면서 주삿바늘이 총알처럼 날아가버렸고, 셴링은 그 모습에 깜짝 놀라 엉엉 울고 말았다. 그 뒤로 결국 내가 직접 주사를 놓게 됐다.

6개월을 이어온 항암화학요법이 끝난 뒤 드디어 나는 길고 긴 터널을 빠져나올 수 있었다. 치료 마지막 날 나는 세상에 첫발을 디딘 아이처럼 온 세상이 새롭고 아름답게 느껴졌다.

"살아있으니 이렇게 좋구나."

죽음의 위기에서 회생했다는 기쁨과 함께 하늘과 땅, 이 세상, 주변 모든 사람들에게 감사한 마음이 차올랐다.

주치의 탕 선생은 내게 CT를 찍게 한 뒤 종양이 거의 사라진 복부 사진을 보여줬다. 하지만 그가 건넨 말은 미묘했다.

"1센티미터 이상의 종양은 보이지 않네요."

"제 몸에 더 이상 종양이 없다는 거죠?"

내가 묻자 그는 내 눈을 빤히 보며 의미심장한 말을 던졌다.

"꼭 그렇다고 말할 순 없어요. 1센티미터 이하는 종양이라고 부르지 않는 것뿐입니다."

"만약 처음 검사를 받은 환자가 이런 결과라면 선생님은 암이 아니라고 말씀하시지 않을까요?"

"물론입니다. 하지만 선생님은 처음 오신 게 아니지 않습니까? 그러니 그렇게 말씀드릴 순 없죠."

그때 나는 의사가 생각하는 통계학과 일반인이 생각하는 통계학이 매우 다르다는 걸 깨달았다. 또한 의사는 환자의 심리 상태를 고려해야 하기 때문에 어떤 말들은 일부러 애매하게 흐릴 수밖에 없다는 것도 알게 되었다.

이전까지 나는 어떤 문제든 내 입장에서 생각하고 문제가 있을 경우 의문을 제기했다. 하지만 투병 기간을 거치는 동안 모든 인식이나 관점은 옳고 그름과 상관없이 각자의 입장에 따라 달라질 수 있음을 이해하게 되었다. 그 깨달음 후 나는 수많은 논쟁의 괴로움에서 벗어날 수 있었다. 특히 의학과 같은 전문 분야에서는 가능한 한 의사의 의견을 따르려고 마음먹었다.

탕 선생은 마지막으로 이렇게 말했다. "복부에 남은 것들이 종양인지 아닌지 알고 싶다면 수술로 복부를 열어 보여드릴 수도 있습니다. 하지만…." 그는 잠시 뜸을 들이더니 말을 이어갔다. "제 생각에 수술은 위험하기만 할 뿐 장점이 없습니다. 전혀 필요하지 않아요."

나는 그의 의견을 받아 들여 배 속에 있는 것들이 무엇인지 상관하지 않기로 했다. 또한 석 달에 한 번 약물표적치료를 받고, 두 달에 한 번은 MRI 추적검사를 하기로 했다. 확인할 수 있는 종양의 수는 확실히 줄었지만 종양이라 부르기 애매한 '녀석들'이 여전히 내 몸속에 존재하고, 이 녀석들이 언제든 다시 매서운 일격을 가할 수 있음을 누구보다 잘 알고 있다. 엄밀히 말해 항암치료 후에 병원을 찾는 시간은 또 다른 길고 긴 치료라고 해야 할 것이다.

암 선고를 받은 환자는 처음에 끊임없이 자신에게 되묻는다.

'내가 도대체 뭘 잘못했지? 왜 하필이면 나야?'

좀 더 이성적인 사람은 놀랐던 마음을 가라앉히고 난 뒤 찬찬히 자신을 되돌아보다 어떤 실마리를 발견한다. 이런 실마리가 반드시 암을 유발한 인자는 아니지만 자신의 생활이나 식습관, 성격, 일의 처리방식 등을 전반적으로 반성하는 기회가 되기 때문에 어떤 면에서는 좋은 일이라고 할 수 있다.

과거의 나는 늘 죽을힘을 다한다는 각오로 살아왔기에 내 몸이 끊임없이 보내오던 경고를 무시했다. 작은 증상들을 대수롭지 않게 여기며 약을 먹고 대충 지나쳤다. 잠이 안 오면 수면제를 먹고, 집중이 안 되면 커피를 마셨다. 일과 실적이 최우선이었고 SNS에 흥미를 붙인 뒤로는 하루에 열 번 이상 웨이보에 글을 올렸다. 눈코 뜰 새 없이 바쁜 덕에 삶은 다채로웠지만 의식하지 못한 스트레스가 낙숫물이 바위를 뚫듯 내 몸을 침식했다.

내게 스트레스란 걱정이나 긴장, 초조함, 분노 같은 부정적인 감정에서 비롯되는 것이었고, 내게는 그런 것들과 맞설 수 있는 초인적인 능력이 있다고 생각했다. 하지만 병에 걸린 뒤 좋은 책을 읽고 지혜로운 친구들을 만나면서 스트레스가 부정적 감정뿐만 아니라 승부욕, 기대, 기다림, 흥분 같은 긍정적 정서에서도 발생할 수 있음을 알게 됐다. 더군다나 나처럼 '세상을 바꾸자' '내가 있어 세상이 달라진다'라는 생각으로 앞만 보고 달리다 보면 자칫 몸에 제거하기 힘든 독을 키울 수 있다.

암에 걸리지 않았다면 나는 예전부터 살아온 대로 더 나은 명예를 탐하고 더 많은 성공 스토리를 창조하려고 노력했을 것이다. 하지만 생사의 끝자락에 서고 난 뒤 나는 그것이 나를 얼마나 망쳐왔는지 철저히 깨달았다.

나는 마음 한편을 열게 됐다. 앞으로도 전처럼 일하고 같은 역할을 하겠지만 마음만은 결코 과거의 가치를 좇지 않을 것이다. 그러기 위해 나는 수시로 나 자신을 일깨우며 더 많이 마음을 열고 더 자주 귀 기울이며 더 큰 미지를 탐구하려 한다. 이처럼 기회와 인연이 무르익을 때 최선을 다해 내가 할 수 있는 일을 할 것이다. 이런 변화의 과정이야말로 어쩌면 암이 내게 준 선물이 아닐까.

2장

인생은
단 한 번뿐이기에

말기 암 판정을 받고 얼마 지나지 않았을 때 딸아이는
어떻게 나를 위로해야 할지 모르면서도 이렇게 말했다.
"모든 일이 일어나는 데에는 그럴 만한 이유가 있대요."
딸아이가 건넨 말은 큰 위로가 됐다. 우리가 마주하게 되는
모든 일에 반드시 그럴 만한 이유가 있다면 내가 겪는 이 재앙 역시
어떤 '이유'로서 스스로 성장할 수 있는 기회가 되지 않겠는가.
덕분에 나는 분노와 초조함, 절망으로부터 벗어나 마음을 가라앉히고
병의 선의(善意)를 느낄 수 있었다. 뿐만 아니라 병을
바라보는 태도도 달라져 암으로부터 신성한 선물을 받았다고
생각하게 되었다. 그리고 투병기를 겪는 동안 그 생각은 현실이 되었다.
병으로 인해 건강의 중요성을 깨닫게 되었고, 고통으로 인해
소소한 일상을 소중하게 여기게 되었으며, 죽음의 위기를 겪으며
내게 진정 중요한 일이 무엇인지 구분할 수 있게 되었기 때문이다.
병에도 감사할 줄 알게 되면서 나는 더 이상 "왜 하필 나지?"라는
질문을 하지 않게 되었다. 강한 반항심에서 비롯된 그 질문은 오히려
"꼭 내가 아닐 이유가 있나?"라는 자문으로 바뀌었다.
　사실 암에 걸리기 전 나는 입으로는 "모든 사람은 평등하다"라고

말하면서도 실제로는 그렇게 생각하지 않았다.

하지만 모든 영광과 지위를 내려놓고 보니 나는 남들과 똑같이
생긴 보통사람에 불과했다. 의사나 간호사의 눈에 나는 다른 모든
환자와 전혀 다를 게 없었고, 다른 사람과 똑같은 치료 과정을
겪어야 했다.

병에 걸리고 나서야 나는 '모든 사람은 평등하다'라는 말의 참뜻을
깨달았다. 뿐만 아니라 사람 하나하나가 어떻게 다른지, 눈으로 보고
머리로 이해하며 마음으로 받아들이기 시작했다.

예전의 나는 사람들이 내게 잘해주는 걸 대수롭지 않게 생각했으며
오히려 당연하다고 여겼다. 하지만 지금은 가족을 비롯해 직장 동료,
멀리서 찾아와준 지인들, 나를 위해 기도해주며 내 아픔을 나누고
싶어 하는 친구들을 볼 때마다 '내게 무슨 덕이 있어 이런 보살핌을
받나?'라는 생각이 절로 든다. 이제 겨우 다른 사람의 좋은 점을
발견하기 시작했을 뿐인데 이 작은 변화 덕분에 지금
그 어느 때보다 행복하다. 감사하는 마음에 이런 신기한 힘이
있다는 걸 왜 진작 몰랐을까.

————————

나를 보살피는
보이지 않는 힘

　그날 새벽 동이 틀 무렵 나는 운동화 끈을 조여 매고 가만히 현관 문을 닫은 뒤 승강기를 타고 건물을 내려왔다. 항암화학요법이 끝난 뒤 주치의는 내게 예전의 생활 패턴을 바꿔 몸을 잘 돌보는 것이 무엇보다 중요하다고 강조했다. 그즈음 알게 된 한 의사 역시 내게 몸 관리의 중요성을 언급하면서 일주일에 적어도 두 번은 한 시간 이상 운동을 하라고 권했다. 걷기도 좋지만 등산이 더 좋은데 땀이 약간 나고 숨이 조금 거칠어질 정도로 하는 게 기본 원칙이었다.

　항암치료 후 티엔무에 집을 얻은 건 둘째 딸 더팅의 편리한 등하교를 고려해서였지만 가까운 곳에 산이 있다는 점도 크게 작용했다. 공기가 맑은 데다 근처에 공원이 있고 걸을 수 있는 길이 많아 집 밖에만 나서면 산책을 하거나 등산을 할 수 있었다. 하지만 돌이

켜보면 내 의지라기보다 알 수 없는 힘이 나를 그곳으로 인도한 것 같기도 하다.

그날 나는 항암치료 후 처음으로 산에 오를 생각이었다. 내가 생각한 등산로는 작은 공원을 지나면 바로 닿을 수 있는 거리에 있었는데, 들은 바로는 경사도가 적당하고 나무 그늘이 많아 몸을 회복하고 있던 내게 적합했다. 나는 휴대전화 속 지도를 보며 산을 오르기 시작했다.

아침 일찍부터 등산을 하러 온 사람들은 삼삼오오 이야기를 나누느라 시끌벅적했다. 혼자 온 나는 그리 급할 것도 없었지만 땀을 낼 요량으로 속도를 내 가능한 한 빠른 걸음으로 걸었다.

우거진 나무 그늘 아래로 시원한 바람을 맞으며 낙엽이 켜켜이 쌓인 진흙길을 걷자니 기분이 상쾌해졌다. 치료를 하기 전에 만난 어떤 중의사는 내 병이 오랫동안 땅의 기운을 받지 않아 생긴 거라고 말하기도 했다. 땅의 기운을 받는 것이 바로 이런 기분이었구나. 땅을 밟을수록 나도 모르게 마음이 평화로워졌고 어떤 감정의 기복도 없이 한 걸음 한 걸음 앞으로 나아갈 수 있었다.

걸은 지 얼마 지나지 않아 몸에는 이미 땀이 흠뻑 났고, 다음에는 아내 셴링과 함께 와야겠다는 생각이 들었다. 생사를 예측할 수 없던 동안 그녀는 묵묵히 모든 책임을 떠안은 채 아무리 피곤해도 내색하는 법이 없었다. 그녀도 다시 몸을 챙겨야 하지 않겠는가.

아내를 떠올리며 손목시계를 보니 아내와 더팅 모두 일어날 시간이었다. 서둘러 하산하면 두 사람과 함께 아침식사를 할 수 있을 것 같았다.

지도를 보며 이미 확인했지만 군이 올라온 길을 되돌아 내려갈 필요는 없었다. 산길의 좋은 점은 산을 오르며 얼마를 헤맸다 해도 내려오다 보면 하산할 수 있는 지름길을 금세 찾을 수 있다는 것이다. 안내판을 확인한 뒤 나뭇잎과 가지를 헤치고 내려오는데 웬 용마루집이 보였다. 그런데 점점 가까워질수록 노란 유리 기와로 지어진 건물이 어쩨 눈에 익숙한 게 아닌가.

"어! 혜제사(慧濟寺)잖아!"

나는 깜짝 놀라고 말았다. 혜제사는 아버지의 유골을 모신 곳이었다. 그런데 대체 어떻게 내가 여기에 오게 된 걸까?

아버지는 20여 년 전에 세상을 떠나셨고 외국에 머물던 나는 귀국할 때마다 시간을 내 이곳에 들렀다. 하지만 매번 시내에서 바쁘게 차를 타고 왔다 돌아간 탓에 이곳 주변을 제대로 파악할 기회가 없었다. 게다가 워낙 타이베이 지리에 약하다 보니 새로 이사한 집이 아버지가 계신 혜제사와 이렇게 가까운 줄 미처 알지 못했던 것이다.

놀란 마음을 진정시키고 긴 계단을 올라 사원에 들어섰다. 계단에 앉아 있던 늙은 개 한 마리가 나를 보고는 꼬리를 흔들며 따라왔다. 그러고는 아버지의 위패 앞에 섰을 때도 묵묵히 곁을 지키다 떠나는 길까지 배웅해줬다. 그 뒤로도 혜제사에 들를 때면 녀석은 마치 사원의 지객승(知客僧, 불교 사원에서 접대를 담당하는 스님-옮긴이)처럼 은근한 다정함으로 나를 맞아주었다.

늙은 개에게 느낀 뜻밖의 다정함 때문이었을까. 어쨌든 그때 나는 발걸음도 마음도 가볍게 대웅전을 돌아 아버지의 위패를 모신 곳으로 향했다. 그 짧은 길을 걷는 동안 마치 다른 차원의 시공에 들어선 기분이었다. 과거와 현재, 미래조차 구분할 수 없었다고 할까.

아버지의 위패 앞에서 합장을 하려니 말로 표현할 수 없는 격한 감정이 치밀어 올랐다. 오랜만에 마주한 아버지 앞에서 걷잡을 수 없는 눈물을 흘렸다. 내 안에 가득 찬 고통과 슬픔, 수치스러움과 의심, 참회가 한꺼번에 터져버린 것 같았다. 눈물이 계속 흘렀지만 그저 두 눈을 꼭 감은 채 가만히 서 있었다. 아버지는 아무런 말씀이 없었지만 내 앞에서 온화하게 나를 바라보고 계셨다.

아주 어릴 적에 한번은 돈을 훔쳤다가 제 풀에 겁이 나 벽 틈에 그 돈을 던져놓은 일이 있다. 하지만 아버지는 아무 말씀 없이 이렇게 물으셨다.

"카이푸, 지금 기분이 어떠니?"

아버지가 건넨 뜻밖의 질문에 잠시 멍해 있던 나는 이내 눈물을 쏟으며 말했다.

"나한테 실망했어요."

아버지는 한참을 울게 놔두신 뒤 내 어깨를 두드리며 가만히 말씀하셨다.

"앞으로는 네 자신에게 실망하지 않으면 좋겠다."

아버지는 평생을 겸허하게 사신 분이었다. 명예나 돈 따위는 욕심내지 않고 자신의 일에 충실하셨다. 내 기억 속의 아버지는 늘 책상 앞에 앉아 빠르게 글을 써내려가곤 하셨는데 그 모습이 마치 한결같이 부지런하고 우직한 늙은 소 같았다. 아버지가 세상을 떠나신 뒤 짐을 정리하던 누나는 서랍에서 아버지가 직접 옮겨 쓴 시를 찾아냈다.

'늙은 소는 석양이 저무는 것을 스스로 알기에 채찍질을 하지 않아도 제가 먼저 힘을 낸다(老牛自知夕陽晚, 不用揚鞭自奮蹄).'

이 시구를 떠올릴 때마다 나는 가슴이 시큰해진다. 아버지는 아내와 자식, 자신이 가르치던 학생들에게 넘치는 애정을 보이면서도 가슴 한편에 아직 이루지 못한 큰 뜻을 품은 남자였다. 아버지는 대체 어떻게 그 사이에서 균형을 잡고 또 자신의 분수를 지켜내며 사셨을까?

아버지의 위패 앞에 서 있자니 문득 나 자신이 한없이 부끄러웠다. 그러나 한편으로는 무언가 알 수 없는 신비로운 힘이 이제 막 새로운 출발을 하려는 나를 아버지에게 데려온 것이 아닌가 하는 생각이 들었다. 병에 걸리지 않았더라도 아버지의 위패를 찾아왔겠지만, 그렇게 아버지를 마음으로 다시 만날 수는 없었을 것이다.

그곳에서 나는 마음의 멍울을 풀 수 있었을 뿐만 아니라 그간의 생각과 언행에 대해 깊이 성찰하게 됐다. 잘못된 길로 들어섰다가 어느 순간 지난날의 잘못을 깨달은 죄인처럼, 인생을 다시 살 기회를 비로소 얻게 된 것이다. 또한 진심으로 깨닫게 되었다. 이 세상은 나 혼자의 힘으로 사는 게 아니라는 것을, 보이지 않는 힘이 나를 보살피고 있다는 것을 말이다.

내게 남은 날이
백 일이라면

배 안에 20여 개의 종양이 있다는 걸 알게 되었을 때 마치 사형을 선고받은 기분이었다. 확진이 내려지기 전까지는 속단하긴 이르다고 스스로를 다독였지만 한순간에 모든 것이 무너져 버렸다. 냉혹한 현실 앞에서 내게 남은 시간은 어쩌면 백 일 정도뿐이었다.

백 일이라니, 눈 깜짝할 새에 흘러갈 시간이 아닌가. 숱한 밤낮을 보냈는데 이제는 한 번 자고 일어날 때마다 이 세상을 볼 기회가 일 분 일 초 줄어드는 것이다.

그걸 깨닫는 순간 그동안 목숨처럼 여기던 모든 것들이 하나도 중요하지 않았다. 상심과 절망, 후회와 분노 속에 하느님께 그저 목숨만 살려달라고 매달릴 뿐이었다. 상처를 입은 채 우리에 갇힌 들짐승처럼 말이다. 그렇게 세상이 물러나니 이전에 마음을 썼던 모든 일도 한순간에 물러나버렸다. 남은 건 전에는 신경조차 쓰지 않던 극히 평범하고 사소한 몇 가지뿐이었다. 그때 문득 마음속에서 이런 말이 떠올랐다.

'도대체 얼마나 더 망설일 거야? 지금 당장 하지 않으면 안 돼. 시간이 없다고!'

머릿속에 아내와 두 딸, 어머니와 형, 누나들이 떠올랐다. 그 뒤좋은 친구 몇 명과 그동안 누리지 못한 수많은 아름다운 시간이 스쳐 지나갔다.

예전에 나는 아직 시간이 많다고 여겼다. 아니 남은 시간을 헤아릴 생각을 하지 못했다. 그저 이 연설 준비만 마치면, 이 인터뷰만 다하면, 이 투자건만 마무리하면, 그들과 함께할 수 있으리라 착각했다. 내게는 이런 일들이 평범하고 사소한 일보다 훨씬 중요했다. 하지만 고작 백 일의 시간이 남았다고 생각하니 내가 처음부터 끝까지 허튼 것만 좇고 있었다는 사실을 비로소 알게 되었다. 인생의 가장 아름다운 순간 대신 눈을 현혹하는 화려한 거품을 좇고 있던 것이다.

죽음을 맞게 될 것을 기억하라

어릴 때부터 나는 인생은 단 한 번뿐이라고 인식하며 살아왔다.

그러나 그 한 번뿐인 인생을 위해 내가 택한 것은 일 분 일 초를 다투며 영향력을 극대화하고 최고의 효율을 내는 것이었다.

카네기멜론대학에서 애플로 자리를 옮긴 것도 연구실에서 쓰는 논문만으로는 내 영향력을 최대화할 수 없다고 느꼈기 때문이었다. 마이크로소프트에서 중국으로 돌아온 것도 중국처럼 땅이 넓고 인구가 많은 환경에서라면 상당한 영향력을 발휘할 수 있으리라 기대했기 때문이었다.

이를 위해 중국에서 다섯 권의 책을 내고 1만 건 이상의 글을 웨이보에 올렸으며 대중 앞에서 500여 차례의 연설을 했다. 이 모든 행동은 젊은이들에게 올바른 영향을 끼치고 싶어서였다. 곳곳을 다니며 자신만만하게 내 생각을 전했고 젊은이들에게 '최고의 자신이 돼 최대의 영향력을 끼쳐라'고 조언했으며 이를 위해 '적극적으로 자신의 흥미를 찾아 정확한 가치관을 세우라'고 격려했다.

하지만 순조롭기만 한 인생길은 나를 점점 오만에 젖게 했고 모든 것을 원인과 결과, 계량화된 논리로만 판단하게 됐다. 효율을 추구하면서 나는 냉정한 사람으로 변해갔다. 지극히 정확한 길 위를 걷고 있다고 생각했지만 지나친 명성은 내 중심축을 기울게 만들었다.

스티브 잡스는 "죽음을 맞게 될 것을 기억하라(Memento mori)"라고 말했다. 지금도 나는 이 말을 매일 되새기며 내 삶에서 무엇이 중요한 선택인지를 곱씹는다. 죽음 앞에서는 그 어떤 영광과 자부심, 고통과 두려움도 흔적 없이 사라지고 정말 중요한 것만 남기 때문이다. 만약 무언가를 잃게 될 것이 걱정된다면 이 한마디에서 답을 찾을 수 있을 것이다.

미루지 말고, 지금 당장 해야 할 일

죽음을 목전에 둔 절박함은 내게 마지막 순간까지 잘 마무리 지어야 할 몇 가지 일이 있음을 일깨워주었다. 가장 먼저 가족과 친구들에게 내가 진심으로 사랑하고 있으며 그들이 내 삶을 따뜻하게 만들어줬음을 알려야 한다. 그다음, 그들과 잊지 못할 시간을 보내 서로의 삶에서 그만큼 빛나는 존재였음을 기억하게 해야 한다. 마지막으로, 매 순간을 온 마음을 다해 살아 아직 오지 않은 혹은 이미 멀어진 일을 멋대로 억측하거나 그리워하지 않아야 한다. 평생 임종 환자를 돌봐온 보니 웨어라는 간호사도 사람이 죽을 때 결국 후회하는 다섯 가지에 대해 이렇게 말했다.

첫째, 남들이 원하는 삶이 아니라 내가 원하는 삶을 살걸 그랬다.
둘째, 애초에 일에만 지나친 정력을 쏟지 말걸 그랬다.
셋째, 내가 느끼는 기분을 용감하게 표현할걸 그랬다.

넷째, 친구들과 계속 연락하고 지낼걸 그랬다.

다섯째, 스스로 좀 더 즐겁게 살걸 그랬다.

나는 아픈 동안 인생이 정말 끝나게 된다면 누구에게도 빚을 남기지 않겠다고 종종 생각했다. 실제로 나는 남은 생애 동안 가족과 친구, 나를 도왔던 사람들에게 어떤 대가를 치러서라도 빚을 갚을 작정이었다. 그렇게라도 그들이 나를 가치 있는 사람이었노라 기억하고, 서로 가장 빛나는 순간과 아름다운 추억을 나눌 수 있길 바랐다. 그리고 이제 그것을 실행에 옮길 시간이었다.

남은 백 일을 어떻게 보내야 할까

구체적으로 떠올려보았다. 정말 백 일 뒤에 죽음이 찾아온다면 무엇을 해야 할까. 먼저 아내와 둘이 우리가 함께 보낸 고생스럽지만 아름다운 시절을 되돌아볼 것이다. 아마 나와 셴링은 피츠버그 대학 배움의 전당 건물 앞의 드넓게 펼쳐진 풀밭 위에서 내가 만든 칼바사 샌드위치와 그녀가 가장 좋아하는 피치 칵테일을 차려놓고 피크닉을 즐기며 학생 시절 평범하지만 즐거웠던 삶을 떠올릴 것이다.

배고팠던 학생 시절, 우리는 강가에서 몰래 물고기를 낚거나 영화관에서 영화 여섯 편을 몰아 보기도 했다. 돈을 아끼겠다고 할인된 찬거리를 잔뜩 샀다 폭설을 만나 오도 가도 못한 적도 있다. 그때 우리는 꽁꽁 얼어버린 고깃덩이를 언덕 아래로 굴려서 내려보내야만 했다. 나는 아내에게 "당신과 함께했기에 내 인생이 이처럼 풍요로워질 수 있었다"고 꼭 말해주고 싶었다.

인생의 남은 시간이 백 일뿐이라면 나는 또 곰을 가장 좋아하는 큰딸 더닝과 테디베어박물관의 카페에 가 패션디자인계에서는 어떤 신기한 일이 일어나고 있는지, 남자친구에 대해 어떻게 생각하는지 수다를 떨 것이다. 또한 둘째 딸 더팅과 다시 베네치아를 찾아가 젤라토 아이스크림을 먹고 곤돌라를 타며 사진을 찍어줄 것이다. 룸메이트였던 라스도 꼭 다시 만나 25킬로그램짜리 치즈로 케이크를 만들어 토할 때까지 먹은 기억과 젊은 시절 우리가 벌인 짓궂은 장난들을 되새겨볼 작정이다.

그리고 어머니…. 내게 남은 날이 백 일이라면 나는 어머니의 푸근한 배에 누워 오래된 앨범을 한 장 한 장 넘기며 그땐 그랬더라는 이야기를 들을 것이다. 또한 당신을 얼마나 사랑하는지, 몇 번을 다시 태어나도 어머니의 아들로 살고 싶다고 말씀드릴 것이다.

아버지의 영전에 선다면 아버지가 내게 무엇을 원하셨는지 결국 깨달았다고 말씀드리리라. 아버지는 본인의 입으로 말씀하진 않으셨지만 직접 행동으로 보여주셨다. 삶에서 무엇을 추구해야 하는

지, 인생을 어떻게 살아야 하는지를.

그리고 나를 알고 있는 모든 사람에게 말할 것이다. 자신을 둘러싼 아름다운 인연에 감사하라고, 세상의 아름다움을 제대로 누릴 줄 안다면 그 삶은 계속 성장하고 있는 것이기에 굳이 무엇을 남길 필요가 없다고.

만약 무언가 정말 남겨야 한다면 그것은 바로 건강한 후손이라고 말할 것이다. 선량한 후대가 더 좋은 세상을 만들 수 있도록 말이다.

그때 나는 내게 남은 날이 백 일이라면 어떻게 살지를 찬찬히 생각하다 마지막으로 이런 결론을 얻었다.

'어째서 지금 당장 시작하지 않고 매일 이렇게 시간을 흘려보내고 있는가?'

종양에게 배운
좋은 사람이 되는 법

아프기 얼마 전, 나는 〈타임〉이 선정한 '전 세계 가장 영향력 있는 인물 100인'에 선정되었다. 그러나 아이러니하게도 상을 받은 지 몇 달도 안 돼 암에 걸렸다는 사실을 알게 됐다.

나라는 사람의 실체를 샅샅이 드러내야 하는 고통에 직면한 순간 제아무리 대단한 영향력도 그 잘난 지명도도 아무런 도움이 되지 못했다. 병상에 누운 나는 그저 언제든 숨이 끊어질 수 있는 환자에 불과했다. 생전 처음 겪는 무력감 속에 이런 생각이 들었다.

'내게는 세상을 바꾸고 사람들을 행복하게 해줄 능력이 있다. 이런 내가 왜 암에 걸려 평범한 사람보다 못하게 목숨을 구걸해야 하는가? 신의 섭리란 무엇인가?'

그러던 어느 날 나는 한 친구의 도움으로 사찰에 머물며 성운대사(星雲大師, 1927~ , 전 세계에 300여 개의 사찰을 세우고 불교문화와 교육, 자선사업에 힘을 쓴 대만 불교계의 큰스님-옮긴이)를 만날 수 있는 기회를 얻게 됐다. 사찰 생활을 하던 어느 날, 발우공양을 마친 뒤 큰스님이 갑자기 물으셨다.

"카이푸, 자네는 인생 목표가 뭔가?"

나는 단숨에 대답했다.

"제가 가진 영향력을 최대화해 세상을 바꾸는 겁니다."

이는 내가 아주 오랫동안 신앙처럼 여겨온 신조였다. 이런 신념은 종양처럼 내 안에 완강하게 자리 잡고 있었고, 이 생각에 대해 단 한 번도 의심해본 적이 없었다. 큰스님은 빙긋이 미소를 지으며 잠시 생각하더니 이렇게 말씀하셨다.

"그건 굉장히 위험한 생각이네."

"어째서요? 저는 잘 모르겠습니다."

"사람은 누구나 보잘것없는 존재라네. 내가 있든 없든 세상은 달라지지 않지. 내가 있어 세상이 달라진다는 건 거만한 생각이네."

큰스님의 말씀은 조용하고 느렸지만 한마디 한마디가 단호했다.

"왜 영향력을 키우려고 하는지 잘 생각해보게. 사람이 항상 자신의 영향력을 늘릴 궁리만 한다면 그건 사실 명예와 이익을 좇고 있다는 뜻이네. 자네 마음에 대고 한번 물어보게. 자기 자신을 속이지 말게나."

아무런 대답도 못하는 나를 두고 큰스님이 말을 이어가셨다.

"세상을 바꾸려 하지 말고 스스로 좋은 사람이 돼보려고 하게. 사실 그것도 쉽지 않다네."

큰스님의 말씀은 내게 그동안 단 한 번도 생각해보지 못한 화두를 던져줬다.

악이 있기에 선이 있다

그 며칠 동안 큰스님의 말씀을 되새기며 지금까지 굳게 믿어온 내 가치와 신념이 불완전하다는 걸 깨달았다. 하지만 오로지 내 노력으로 얻은 명성과 지위에 대한 자부심을 놓을 수 없었다. 그래서 그 말씀의 뜻을 완전히 이해하지도 받아들이지도 못했다. 아니, 어떤 면에서는 내 생각을 굽힐 수 없었다.

그러다 문득 병에 걸리기 전까지 웨이보에 자주 부정적인 사회현상에 대해 고발하고 시사를 비판하는 글을 올렸던 것이 떠올랐다. 그래서 다시 큰스님께 세상을 어지럽히는 사회악을 어떤 태도로 대해야 하는지에 대해 물었다. 뜻밖에도 그분은 한결같이 평화로운 말투로 이렇게 말씀하셨다.

"사람이 일심(一心)으로 악을 없애려 한다는 것은 그 사람이 보는 모든 게 악이라는 뜻이네. 하지만 사람이 일심으로 선을 행한다면, 특히 명성을 얻기 위해서가 아니라 본심에서 우러난 선을 행한다면 긍정적인 사회를 만들 수 있다네."

"하지만 탐욕이나 사악함이 얽힌 사건을 보게 된다면 어떻게 해야 합니까?"

나는 변명을 하듯 되물었다.

"우리는 주변 모든 것을 존중해야 한다네. 선한 것이든 악한 것이든 아름다운 것이든 추한 것이든 모든 존재는 가치가 있으니까. 생태가 온전한 숲에는 코끼리와 호랑이도 있지만 바퀴벌레와 쥐도 있지 않은가. 완벽함과 부족함은 본래부터 공존하는 것으로 사람의 마음이 구분하는 것뿐일세. 사악함이 없다면 어떻게 선이 드러날 수 있겠는가? 이기적인 편협함이 없다면 후하고 사심 없는 위대함도 알아챌 수 없다네. 그러니 진정으로 세상에 보탬이 되는 일은 악을 없애는 것이 아니라 선을 행하는 것이지. 부정적인 에너지를 공격할 게 아니라 긍정적인 에너지를 확산시켜야 한다는 말일세."

암보다 깊은 마음의 병

예전의 나는 어떤 일을 하든 그 일이 얼마나 큰 영향력을 끼칠 수 있는지 무의식중에 미리 계산했다. 강연회에 모이는 사람이 1,000명이 넘지 않으면 가지 않았고, 웨이보에 매일 새로운 팬이

1만 명 이상 늘지 않으면 그날 올린 글이 별로였다고 생각했다. 또한 누군가 내게 이메일로 창업 문제를 상의하면 성공할 가능성이 있는 것에만 답장을 해줬고, 기자를 만날 때도 그 신문의 독자 수를 먼저 따졌다.

나는 단 한 번도 그것이 잘못됐다고 생각하지 않았다. 항상 스케줄이 가득 차 있기 때문에 의미 없는 활동은 단호하게 걸러내야 한다고 믿었다. 그렇게 나는 일 분 일 초를 정확히 계산해 영향력을 최대화할 수 있는 곳에 시간을 썼다. 나 자신은 의미 있는 일에 헌신하고 있다고 믿었지만, 사실은 수많은 사람들의 환호를 즐기고 있었다. 그런 나를 큰스님이 다시 일깨웠다.

"영향력만 추구하다 보면 결국 그걸 핑계로 명예와 이익을 좇게 된다네. 이를 인정하지 않는 건 결국 자기 자신을 속이는 것일세."

더 큰 영향력을 좇다 보니 어느새 나는 기계처럼 바삐 움직이고 있었고, 영혼이 있어야 할 자리에는 탐욕이란 야수가 들어앉아 있었다. 영향력만 있으면 의미 있는 일을 더 많이 할 수 있을 거라고 믿었지만, 그 순간에도 내 몸은 그것이 잘못되었다는 신호를 보내고 있었다. 수면부족, 통풍, 변비, 대상포진 등 크고 작은 병이 나를 찾아왔지만, 이런 것들도 내 신념을 흔들지 못했다. 끝장을 보자는 식의 내 행보는 결국 암이라는 마지막 경고를 불러오고 말았다.

그렇게 삶의 끝자락에 내몰려서야 알게 되었다. 암보다 내 마음의 병이 더 심각하다는 것을 말이다. 그제야 나는 더 이상 커피에 의지해 정신을 차리려고 애쓰지 않게 됐고, 그후 비로소 머리가 맑아졌다. 명예와 이익을 좇는 인생이 얼마나 부질없으며 세상을 바꾸려는 인생이 얼마나 부담스러운지 똑똑히 보게 됐다.

이제 나는 작디작은 한 사람에게 어울리는 사고방식이 무엇인지 안다. 내가 할 수 있는 일 하나를 실천하고 세상의 다른 모든 사람들도 이와 같이 실천한다면 우리가 사는 세상은 조금씩이라도 더 나아지지 않을까. 나는 더 이상 용량화된 사고로 가치와 의미를 계산하지 않는다. 삶은 심오한 것이기에 우리가 보지 못하는 많은 가치와 의미가 눈에 띄지 않는 초라한 곳에서 꽃을 피울 수 있다는 걸 알기 때문이다.

어제는 지나갔고, 오늘은 새로운 날이라고 하지 않던가. 큰 병에서 깨어나며 내 마음도 깨어날 수 있었다. 이제 나는 암을 이겨내며 느낀 점들을 웨이보에 꾸준히 올리고 있다. 그러나 이는 예전처럼 영향력을 높이기 위해서가 아니라 진심으로 사람들과 내 이야기를 나누고 싶어서다. 1,000만 명이 흘깃거리는 것보다 한두 명이라도 진심으로 공감하는 편이 낫다는 생각이 든다. 한 사람에게라도 내 글이 도움이 된다면 나 역시 긍정적 에너지를 보답으로 받게 되지 않을까.

삶의 의미란
측정할 수 있는 게 아니다

오랫동안 내가 책임졌던 여러 기업은 중국과 미국에 걸쳐 있었기 때문에 내 업무는 정해진 시간이 없었다. 이런 나를 두고 몇몇 친구들과 직원들은 '철인'이라며 경탄했다. 나는 이 별명을 정말 자랑스러워했고 실제로도 철인처럼 죽을힘을 다해 일에 매진했다. 그렇게 지낸 날들이 무려 10년이었다. 하지만 림프종이란 병을 겪은 후 자문할 수밖에 없었다.

'굳이 꼭 철인이 돼야 했을까? 인생이란 경기를 그런 방식으로만 치러야 했을까?'

언젠가 한 온라인 광고를 본 적이 있다. 마라톤 경기를 하던 한 선수가 문득 의문을 품는다.

'사람들은 인생을 마라톤과 같다고 하는데 그게 사실일까? 왜 모

두 한 방향, 한 목표를 향해 뛰어야 하지?'

그 순간 다른 선수가 발을 헛디뎌 넘어지고 말았다. 그런데 사람들은 그에게 어서 일어나 달리라고 재촉했다. 그 모습을 본 그는 갑자기 뛰는 걸 멈췄다. 그러고는 곧 몸을 틀어 다른 방향으로 뛰기시작했다. 그 뒤 다른 선수들 역시 하나 둘 대열을 이탈해 뿔뿔이다른 곳을 향해 달려나갔다.

오늘날 우리가 사는 시대는 이전보다 다양화된 가치관이 있는듯하지만 성공과 그에 따르는 명성에 모든 사람들이 하나같이 목을 맨다. 그 때문에 사람들은 한 사람의 노력이 얼마나 가치 있는지를 이야기할 때 그가 느끼는 내적인 만족이나 기쁨 혹은 그로 인한 삶의 변화 등은 안중에 두지 않는다. 실제로 제빵사나 전기기사가 하는 일의 가치를 논할 때 우리는 그가 그 분야의 최고 실력자인지, 상을 탄 적이 있는지, 사람들 사이에서 유명한지 등만 따질뿐이다.

예전에 나는 성공한 사람의 예로 미국에 있을 때 만난 정원사를꼽은 적이 있다.

"성공의 정의는 사람마다 다르기 때문에 정해진 기준이 있을 수없다. 그러니 다른 사람과 경쟁할 것이 아니라 나 자신과 경쟁해야한다. 어제보다 나은 오늘을 살고 원하는 일에 적극적으로 도전하며 설혹 마음먹은 대로 일이 되지 않더라도 스스로를 지키는 것이 진짜 성공에 이르는 길이다."

사람들에게 이렇게 말은 했지만, 고백하건대 마음 속 깊은 곳에서는 나 역시 타인과의 경쟁에서 자유롭지 못했다. 또한 스스로 책임을 만들고 모든 일을 다 잘하려고 노력했다. 하지만 그 어떤 재능과 지식을 갖춘다 한들 늘 최고의 위치에서 모든 일을 완벽하게 해낼 수 있을까? 설사 그렇다 한들 과연 최선의 인생이라 자신있게 말할 수 있을까?

세상에는 내가 할 수 없는 일, 혹은 존재조차 모르는 영역이 너무나 많다. 내가 잘한다고 생각한 일이 어느 면에선 아무 의미 없는 일일 수도 있고, 또 내겐 전혀 가치 없는 일들이 누군가에는 정말 중요한 의미로 다가설 수 있다.

게다가 삶의 의미는 일일이 무게를 달거나 정확히 계산할 수 있는 게 아니지 않은가. 사람의 인생은 쉽게 계산할 수 없다는 걸 아픔을 겪는 동안의 과정들이 내게 말해줬다.

병에 걸린 직후 웨이보에 '암 앞에 사람은 누구나 평등하다'란 글을 올린 적이 있다. 하지만 그 깨달음은 병을 치료한 뒤 '모든 사물 앞에 사람은 누구나 평등하다'라고 확장되었다.

앞으로 나는 사람은 누구나 평등하며 각자에게 소중한 인생이 있다는 사실을 되새기며, 시간이 허락하는 한 낯선 사람들을 많이 만날 생각이다. 전에는 내 일과 관련된 사람들만 만나왔지만 이제는 누구를 만나 무슨 이야기를 나누더라도 분명 거기엔 이유가 있다고 믿는다.

물론 때로 코드가 맞지 않는 사람을 만나기도 하고 오가는 대화가 그리 유쾌하지 않기도 하다. 그렇다면 그 인연은 거기에서 끝내면 그만이다. 그런 이유로 이제 나는 내가 사람들에게 건네는 충고가 그들에게 정말 유용할지 더 이상 신경 쓰지 않는다. 우리가 겪는 일 하나하나가 저마다 의미가 있지만 그 순간에 당장 알아채지 못할 뿐이다.

이런 몇 번의 경험을 통해 나는 점점 '효율'과 '가치'에 집착하지 않는 나 자신을 발견하게 됐다. 또한 마음속으로 목적을 미리 정하지 않으니 오히려 사물의 모든 가능성을 받아들일 수 있었다.

인생을 사는 동안 우리가 보고 느끼는 것들은 정말 적을 수밖에 없다. 그러므로 각자 할 수 있는 일을 충실히 하되 삶에서 가능한 모든 것을 체험할 줄도 알아야 한다. 또한 사는 일이 계획대로 되지 않듯, 우연히 만난 여러 인연도 소중히 여겨야 한다.

우리의 짧은 지식과 경험으로 이 세상을 모두 이해하는 건 불가능하다. 따라서 하나의 기준으로 원인과 결과를 지레 판단해선 안 된다. 그리고 가끔은 심장에도 귀를 기울여 내면의 소리가 들려주는 지적을 놓치지 않아야 한다.

여전히 나는 예전과 같은 일을 하고 있지만 적어도 겉모습의 용량화된 기준에 얽매여선 안된다는 걸 안다. 모든 일 하나하나 효과와 이익을 따지지 않으니 초조하던 마음도 점차 편안해졌다. 또한 더 이상 다른 사람의 기준으로 경쟁에 뛰어들지 않고 여유롭게 나만의 길을 갈 수 있게 됐다. 그리고, 그것이 한 인간이 추구할 수 있는 최고의 가치임을 깨닫게 됐다.

묘비명에 적을 말을
생각해봤습니까

영향력을 최대화하겠다는 마음에 회의가 생기니 세상을 바꾸겠다는 말도 함부로 할 수 없게 됐다. 그렇다면 내가 예전부터 믿어온 신념은 모두 틀렸던 것일까? 꼭 그런 것만은 아니다. 아버지의 영전에 설 때마다 나는 몇 번이고 조용히 아버지께 물었다. "아버지, 하늘에서 보고 계신다면 이렇게 많은 실수를 저지른 저를 여전히 자랑스러워하실 수 있나요?"

아버지는 한 번도 대답하지 않으셨지만 혜제사에 갈 때면 늘 마음이 편하다. 혜제사의 늙은 누렁이는 언제나처럼 꼬리를 흔들며 살갑게 나를 따르고, 멀리서 바람에 실려 오는 계수나무 꽃의 향기는 내 몸을 따뜻하게 감싼다.

그것으로 족하다. 지난날 어떤 잘못을 했다고 구구절절 후회한들 무슨 소용이 있을까. 어차피 어제의 나는 이미 죽었고, 오늘의 나는 매일 새롭게 살고 있지 않은가. 또한 예전의 잘못이 없다면 무엇이 옳은 길인지 어떻게 알겠는가? 인생의 묘미는 실수를 반복하면서도 이를 고치고 또 고쳐나가는 데 있다. 단숨에 '선(善)'에 이르기란 애초에 불가능하며 옥을 깎고 다듬는 인내가 있어야 한다.

사실 내가 과거에 한 모든 일은 아버지의 가르침을 따른 것이었다. 아버지는 생전에 교직생활을 하며 젊은이를 돕고자 애썼다. 나 역시 그 뜻을 잇고 싶어 중국으로 돌아와 가장 먼저 일곱 통의 '중국 학생들에게 보내는 편지'를 썼다. 이후에도 나는 강연이나 책을 통해 아버지의 신념과 생각을 수없이 언급했다. 신용과 정직, 적극적이고 낙관적인 태도, 능동적인 배움과 한결같은 열정, 심지어 '최고의 자신이 되어 영향력을 최대화하라' 같은 신념도 상당 부분 아버지의 영향을 받은 것들이다. 아프기 전 나는 아버지의 영전에 설 때마다 속으로 생각했다.

'제가 아버지의 꿈을 모두 이뤘습니다. 아버지께서 살아 계시다면 분명 저를 자랑스러워하셨겠죠.'

하지만 너무 많은 성공을 경험하며 머리가 혼미해진 걸까. 결과에 집착하며 계량된 판단으로 많은 일을 가늠하다보니 대체 어디에서부터 초심과 멀어졌는지 알 수 없었다.

언젠가 기억력이 뛰어난 한 기자가 내게 물었다.

"전에 말씀하시길 인생의 경험이 늘어날수록 쓰고 싶은 묘비명
도 달라진다고 하셨는데요. 이번에 병을 앓고 난 뒤에는 어떤 묘비
명을 쓰고 싶다고 생각하셨습니까?"

그 질문을 듣는 순간 초심을 잃게 된 근원이 바로 여기에 있음을
깨달았다.

생의 정점에서 쓴 두 개의 묘비명

젊은 시절 나는 훗날 세상이 나를 어떻게 기록할지를 상상하며
입버릇처럼 나 자신에게 묻곤 했다.

'나는 어떤 묘비명을 써야 할까?'

과학기술계에서 여러 해 일하다 애플에 첫 출근한 날 떠올린 묘
비명은 다음과 같다.

과학자이자 기업가였던 그는

여러 첨단기술 기업에서 일하며

복잡한 기술을 어느 누구나 쓸 수 있고,

어느 누구에게나 도움이 되는 제품으로 바꿔놓았다.

훗날 중국에서 교육을 수단으로 더 많은 학생들을 도와주게 됐

을 때 내가 원한 묘비명은 다음과 같았다.

　　열정적인 교육자,

　　저술과 인터넷, 강연을 통해

　　수많은 청년 학생을 도왔고

　　그들에게 '카이푸 선생님'으로 불렸다.

　두 번째 묘비명은 각별한 의미가 느껴졌다. 아무런 사심 없이 누군가를 위해 노력한다는 점이 자랑스러웠다. 하지만 아픈 동안 가만히 돌이켜보니 이 생각에는 맹점이 있었다. 실제로 내가 중요하게 여긴 건 어떤 공헌을 할지가 아니라 살아서는 어떤 사람, 죽어서는 어떤 사람이었다고 인식되는 것뿐이었기 때문이다.

　'과학자이자 기업가로 일하며 복잡한 기술을 어느 누구나 쓸 수 있고, 어느 누구에게나 도움이 되는 제품으로 바꿔놓는 일'은 확실히 내가 하고 싶고, 할 수 있는 일이다. '열정적인 교육자로 저술과 인터넷, 강연을 통해 수많은 청년 학생을 돕는 일' 역시 내가 애정을 품고 죽을 때까지 최선을 다하고 싶은 일이다. 하지만 거기에 사람들이 나를 이렇게 기억해줬으면 하는 생각이 섞여 있다면 이는 순수한 것이 아니다. 바로 이것이 나의 근본적인 문제였다.

　아버지께서는 생전에 첸무(錢穆, 1985~1990. 중국의 역사학자로 대만 중국문화대학 교수로 재직하며 주자학 연구에 전념해 '국학대사'로 불렸다-옮긴이) 선생으로부터 귀한 글귀를 선물 받았다. '관용이 있으면 덕이 넓어지고, 바라는 것이 없으면 성품이 자연히 고상해진다(有容德乃大, 無求品自高)'라는 글귀로 집 안 거실에 줄곧 걸려 있다가 지금까지 나와 함께하고 있다.

이 글은 아버지를 대신해 항상 나를 일깨웠지만 나는 끝내 귀를 막고 못 들은 척했다. 내 마음에는 사실 '바라는 것(有求)'이 있었기 때문이다.

그럼에도 나는 스스로 '바라는 것이 없다(無求)'고 착각했다. 실제로 나는 물질적 보답을 바라진 않았다. 다만 많은 사람에게 둘러싸여 있길 좋아했고, 남으로부터 인정받길 원했다. 즉 내가 하는 수많은 일은 사실 조건이 있었던 것이다. 마음속 깊이 원가를 계산했고 승패와 득실을 가늠했다.

이 실마리를 따라 내가 했던 모든 행동을 거슬러 올라가 보니 타인의 시선을 유난히 신경 쓰고 있는 나 자신을 발견했다. 나는 다른 사람들의 마음속에 남을 수 있는 특별한 이미지를 갖고 싶었다. 이런 마음은 좋게 말하면 '자중자애(自重自愛)'지만 사실은 체면을 따지고 유명해지고 싶어 하는 콤플렉스에 불과하다. 바로 그런 콤플렉스가 내 중심에 단단한 뿌리처럼 박혀 있었던 것이다.

이제 나는 더 이상 명성에 집착하지 않는다. 50년쯤 지난 뒤 나를 기억해줄 사람이 있을 것 같지 않고, 더 이상 누군가 나를 기억해주길 바라지도 않는다. 그건 중요하지 않다. 지금 내가 가장 마음 쓰는 건 내 곁의 사람이 내 선의와 따뜻함을 느낄 수 있을지, 누가 되었든 나와 인연이 닿은 사람을 아무 차별 없이 진심으로 만날 수 있을지 같은 것들이다.

한때 나는 중국에 세계 일류 대학을 세우려는 꿈을 꿨다. 그것이 중국의 교육을 한 단계 발전시키는 길이며, 내 영향력을 최대화해 중국 청년들을 도울 수 있는 방법이라 생각했다. 실제로 나는 중국 본토와 홍콩, 대만의 부호들을 직접 만나 이 계획을 전하고 기부를 해달라고 당당히 요청했다. 하지만 기대처럼 쉽게 나서는 이가 없어 벽에 부닥치고 말았다. 그런데 꽤 시간이 흐른 뒤 한 홍콩의 부호가 큰 금액의 기부를 약속했다. 그런데 그는 학교 이름에 자신의 이름을 붙이는 것을 한사코 거절했다.

"학교 이름은 평범하게 지읍시다. 대신 언젠가 내가 세상을 떠나고 리카이푸 선생이 더 많은 돈을 필요로 할 때 다음 기부자의 이름을 학교 이름에 붙여도 좋소."

그는 무엇을 가질 수 있는지가 아닌, 필요한 시점에 무엇을 할 수 있는지를 생각한 사람이었다. '진정한 부자는 가진 것이 가장 많은 사람이 아니라 필요한 것이 가장 적은 사람이다'라는 서양의 속담처럼 말이다.

훗날 여러 가지 이유로 대학을 설립할 수 없게 됐지만, 그의 사심 없는 품격은 내 마음속에 남아 길을 잃을 때마다 나침반이 되어주고 있다.

'떠도는 인생은 무엇과 같을까? 하늘을 나는 기러기가 눈 녹은 진흙땅을 밟는 것과 같겠지. 진흙 위에 우연히 발자국을 남길 수는 있지만 기러기가 다시 날아가면 동서를 가늠할 수 없지 않은가 (人生到處知何似, 恰似飛鴻踏雪泥, 泥上偶然留指爪, 飛鴻那復計東西).'

소동파가 남긴 이 시구를 떠올리며 나는 묘비명도 포기한 채 자신의 소임을 다하고 모든 공로를 세상에 돌리는 인생을 떠올렸다. 물론 나는 지금 그런 경지에서 한참 먼 곳에 있다. 하지만 마음속 바람을 그곳에 둘 수 있지 않을까? 산을 오르는 사람이 먼 산꼭대기를 바라보며 조금씩 전진하는 것처럼 말이다. 이번 생에 그 목표에 이르지 못할 수도 있겠지만 적어도 내가 그곳을 바라봤다면 그런 경지가 있다는 사실만큼은 분명히 깨달은 것이다.

묘비명에 대한 콤플렉스에서 벗어난 뒤 어느샌가 나는 스스로 지고 있던 부담을 많이 내려놓게 됐다.

빗자루질은
나 자신을 향해서

어느 날 아침, 산책을 나갔다 낙엽을 쓸고 있는 어르신 한 분과
마주쳤다. 평소에도 자주 뵈었기 때문에 처음엔 그 지역을 담당하
는 환경미화원인 줄로만 알았다. 하지만 알고 보니 그 어르신은 그
동네의 평범한 주민이었다. 지나칠 때마다 그분이 항상 먼저 인사
를 건넸는데 그날은 내가 먼저 인사를 드렸다.

"감사합니다. 이 길이 항상 이렇게 깨끗한 건 모두 어르신 덕분
입니다."

어르신은 비질을 멈추고 나를 보며 미소를 지었다.

"나는 지금 내 마음을 쓸고 있을 뿐이라오. 나는 마음이 더러워
서 온통 더러운 것만 눈에 보이거든."

대만에서 요양을 하며 여유가 생겨서인지 아니면 예전에 좇던

명성이 얼마나 허망한 것인지를 깨달아서인지 나는 지금 평범한 소시민들에게서 아름다운 소양을 많이 발견한다. 거리를 청소하던 어르신뿐만 아니라 일상에서 마주치는 수많은 택시기사, 버스기사, 음식점 종업원들도 마찬가지다. 그들은 한결같이 예의가 바르고 친절할뿐더러 자기 자리를 지키며 매일 성실히 살고 있다.

그동안 나는 이런 각각의 사람을 보지 못했다. 내 깊은 내면에 도사리고 있던 본성은 나만 바라보는 '오만'이었다. 오만은 유명해지고 싶은 욕심보다 훨씬 더 위험한 것이었다.

어렸을 때는 "99점이 어떻게 생긴 건지도 모르겠다"라고 말했다가 어머니께 심한 꾸중을 듣기도 했다. 하지만 이런 뿌리 깊은 습성은 큰 고통을 겪으며 철저히 깨지지 않는 이상 웬만해선 고치기가 어렵다. 오만한 마음이 얼마나 나쁜 것인지 잠깐 깨달아 반성했다 해도, 시간이 지나면 다른 사건을 계기로 모습을 드러내기 마련이다. 결국 끊임없이 스스로 일깨우는 수밖에 없다.

아버지가 내린 점수

내게는 다섯 명의 누나가 있다. 그중 다섯째 누나는 눈치가 빨라 아버지의 기분을 잘 살필 줄 알았다. 그런 누나가 "아버지는 성격이 온화한 편이지만 어떤 면에서는 매우 엄격한 분이었다"라고 말한 적이 있다. 그런 누나가 아버지가 살아 계셨을 때 가장 참기 힘들었던 건 아버지로부터 점수를 받는 일이었다고 한다.

당시 누나는 이미 마흔 살이었고 자기 분야에서도 인정을 받는 사람이었지만 아버지로부터 80점 이상을 받은 적이 없었다. 내게는 그런 기억이 없지만, 누나는 아버지에게 점수를 받는 동안 자신감을 잃게 되었다. 하지만 다행히도 누나는 훗날 심리상담사가 되면서 당시 느낀 굴욕감을 떨쳐낼 수 있었다.

교육적 관점에서 나는 자식에게 점수를 주는 것을 찬성하지 않는다. 그러나 아버지가 평생 스스로에게 얼마나 엄격하셨는지를 이해하면서부터 자식들에게도 스스로 엄격하길 바라셨던 게 아닐까 생각하게 됐다. 아버지의 점수는 외적인 평가가 아니라 내적인 자기반성이었던 셈이다. 내가 잘못을 했을 때 "네 기분은 어땠니?"라고 물으셨던 것 역시 그런 뜻이었을 것이다.

한 친구에게 아버지가 누나에게 점수를 주셨던 일을 이야기했더니 유학자 탕쥔이(唐君毅, 1909~1978. 중국철학을 재정리한 신유학자-옮긴이)의 이야기를 들려줬다.

그는 말년에 자기 자신에게 점수를 매기며 불합격을 줬다고 한다. 병에 걸린 뒤 자신을 반성하던 중 스스로 남들보다 뛰어나다는 생각을 하고 있음을 발견했기 때문이다.

자신을 남보다 높게 여기면 사람들을 무시하게 되고 이 생각이 계속되면 오만한 마음이 커지게 마련이다. 탕쿼이는 이 점을 경계한 것이다.

세상을 바꾸겠다고 결심했을 때 나는 이미 '세상은 불완전하며 내게는 세상을 바꿀 능력이 있다'라고 단정 짓고 있었던 셈이다. 하지만 이런 마음가짐의 배후에는 '나는 이 세상 대부분의 사람보다 뛰어나며 많은 사람들이 내 도움을 필요로 하고 있다. 그러니 악을 몰아내고 선으로 세상을 구하겠다'라는 훨씬 끔찍한 생각이 버티고 있었다. 이런 구세주 콤플렉스는 아마도 마음속 깊은 곳에 자리한 오만에서 비롯된 것이리라. 겉보기에는 열정적으로 사람들을 돕고 공익에 최선을 다하는 것 같았지만 말이다. 만일 아버지가 살아 계셨더라면 그런 내게 과연 몇 점을 주셨을까?

스티브 잡스가 위대한 진짜 이유

2015년 초, 나는 '매년 꼭 한 번씩 보기'라는 짧은 글과 함께 스티브 잡스의 스탠퍼드대학 졸업식 강연 영상을 페이스북에 올렸다. 스티브 잡스는 이 연설에서 유명한 말을 남겼다.

"늘 갈망하고, 우직하게 나아가라(Stay hungry, stay foolish)."

그리고 또 이런 말들로 내 마음을 사로잡았다.

"시간은 한정되어 있습니다. 다른 사람의 인생을 사느라 시간을 낭비하지 마십시오. 다른 사람들의 잡다한 소리가 당신의 내면에서 들려오는 소리를 삼키지 못하게 하십시오. 무엇보다 중요한 건 용감하게 당신의 진심과 직감을 따르는 일입니다. 당신의 진심과 직감은 당신이 무얼 하고 싶어 하는지 언제나 가장 잘 알고 있습니다. 다른 모든 것은 부차적인 문제일 뿐입니다."

이 영상을 처음 봤을 당시 나는 마이크로소프트에서 구글로 이직하기로 마음먹던 차였다. 당시 나는 그의 말에 깊은 감명을 받았다. 큰 병을 앓고 있으면서도 책임을 마다 않고 자신의 자리를 지킨 스티브 잡스의 도전 정신은 그 뒤로도 내게 끊임없이 정진할 수 있는 용기를 주었다.

하지만 나 역시 죽음의 문턱에 이르렀을 때 그의 연설에서 다른 것을 보게 됐다. 특히 빌 게이츠가 2007년 여름 하버드대학에서 한 연설을 본 뒤, 죽음을 목전에 둔 스티브 잡스와 생사의 위기를 겪어보지 못한 빌 게이츠는 본질적으로 서로 다른 인생을 살았다는 생각이 들었다.

은퇴하기 전의 빌 게이츠는 치열한 경쟁을 즐기는 사람이었다. 그는 비즈니스를 시합처럼 생각했다. 회의를 할 때도 부하직원들보다 더 많은 문제점을 찾아내려 애쓰고, 경쟁 상대를 보면 손이 절로 근질거리는 사람이었다. 그런 습성 덕에 그의 회사는 상업적 가치가 가장 큰 기업으로 손꼽혔다. 하지만 마이크로소프트의 시장 독

점은 그에게 치명적 타격으로 되돌아왔다. 그의 리더십은 미국 사법부에 의해 무참히 깨졌고 그는 과격하고 무례한 인물로 묘사됐다. 이를 계기로 그는 점차 사업에서 손을 뗐고, 거의 모든 재산을 기부하고 자선사업에 집중하기 시작했다.

어떻게 해야 이 사회가 공평해질 수 있는지에 대해 솔직하고 강하게 피력하는 빌 게이츠의 연설은 사람들을 감동시키기에 부족함이 없다. 그래서인지 빌 게이츠의 변신은 스티브 잡스보다 더 구체적이고 사심이 없으며 눈에 띈다고 평가하는 이가 많고. 나 역시 그렇게 생각했었다. 하지만 병을 앓고 난 뒤 두 사람에 대한 내 견해는 많이 달라졌다.

빌 게이츠가 이뤄낸 일들은 실로 엄청나지만, 어떤 문제를 살피고 다루는 방법을 보면 마이크로소프트를 경영하던 때의 버릇이 여전히 남아 있다. 그는 빈부 격차, 바이러스 같은 자신의 경쟁 상대를 지혜롭게 찾아낸다. 그러고는 이 나쁜 놈들의 약점을 들춰낸 뒤 상대가 무릎을 꿇을 때까지 끈기 있게 밀어붙이는 특유의 승부욕을 마음껏 선보인다. 우리는 이런 빌 게이츠에게 갈채를 보내며 그를 일컬어 '선행하는 부자의 모범'이라고 칭송한다.

반면 스티브 잡스는 오로지 자신에게 집중한 사람이었다. 언젠가 그가 회의를 하다 실수로 의자에서 미끄러져 바닥에 넘어진 영상이 공개된 적이 있다. 어떤 이는 이 화면을 보고 스티브 잡스는 죽을 때까지 일을 손에서 놓지 못할 거라며 비웃기도 했다. 하지만 그를 잘 알고 있던 한 친구는 오히려 담담히 말했다.

"그와 똑같은 경지에 이른 뒤 그를 비판해도 늦지 않다."

나는 림프종을 앓고 난 뒤 "늘 갈망하고, 우직하게 나아가라"라는 그의 말에서 이전과 다른 깨달음을 얻었다.

많은 이가 세상사에 관심을 갖지만 스티브 잡스는 적어도 자신이 사랑하는 일에 훨씬 집중한 사람이다. 이에 대해 세상이 어떻게 평가하든 이는 그의 관심사항이 아니었다. 수많은 사람이 그를 안하무인이라고 손가락질했지만 그는 전혀 상관하지 않았다. 그는 세상 사람들의 환심을 사려고 애쓰기보다 자신의 삶에 대한 끝없는 탐구심을 만족시키는 일에만 집중했다. "늘 갈망하고, 우직하게 나아가라"는 영원히 초심을 지키겠다는 뜻으로, 어떤 어려움이 있어도 결코 자기 자신을 잃지 않겠다는 다짐이다.

세속적인 성공은 나 자신이 남들보다 뛰어나다고 여기게 만든다. 하지만 이런 마음은 살면서 가장 경계해야 할 것 중 하나다. 오만한 사람은 자신을 솔직하게 드러내지 못하며 더 많은 정보가 담긴 가능성을 받아들이지 못한다.

남은 인생 동안 과연 내 마음속에 굳게 박혀 있는 '오만'을 완전히 없앨 수 있을지는 모르겠다. 하지만 그것이 내 눈을 가리고 내 삶을 가둔다는 걸 알게 된 이상 늘 깨어 있을 생각이다.

내가 아닐 이유는
없다

말기 암 판정을 받고 얼마 지나지 않았을 때 딸아이는 어떻게 나를 위로해야 할지 모르면서도 이렇게 말했다.

"모든 일이 일어나는 데에는 그럴 만한 이유가 있대요."

딸아이가 건넨 말은 큰 위로가 됐다. 우리가 마주하게 되는 모든 일에 반드시 그럴 만한 이유가 있다면 내가 겪는 이 재앙 역시 어떤 '이유'로서 스스로 성장할 수 있는 기회가 되지 않겠는가.

덕분에 분노와 초조함, 절망에 사로잡혀 있던 나는 마음을 가라앉히고 병의 선의(善意)를 느낄 수 있었다. 뿐만 아니라 결국에는 병을 바라보는 태도도 달라져 암으로부터 신성한 선물을 받았다고 생각하게 되었다. 그리고 투병기를 겪는 동안 그 생각은 정말 현실이 되었다. 병으로 인해 건강의 중요성을 깨닫게 되었고, 고통으로 인해 소소한 일상을 소중하게 여기게 되었으며, 죽음의 위기를 겪으며 내게 진정 중요한 일이 무엇인지 구분할 수 있게 되었기 때문이다.

병에도 감사할 줄 알게 되면서 나는 더 이상 "왜 하필 나지?"라는 질문을 하지 않게 됐다. 강한 반항심에서 비롯된 그 질문은 오히려 "꼭 내가 아닐 이유가 있나?"라는 자문으로 바뀌었다.

사실 암에 걸리기 전 나는 입으로는 "모든 사람은 평등하다"라고 말하면서도 실제로는 그렇게 생각하지 않았다. 하지만 모든 영광과 지위를 내려놓고 보니 나는 남들과 똑같이 생긴 보통사람에 불과했다. 의사나 간호사의 눈에 나는 다른 모든 환자와 전혀 다를 게 없었고, 다른 사람과 똑같은 치료 과정을 겪어야 했다.

병에 걸리고 나서야 나는 '모든 사람은 평등하다'라는 말의 참뜻을 깨달았다. 뿐만 아니라 사람 하나하나가 어떻게 다른지, 눈으로 보고 머리로 이해하며 마음으로 받아들이기 시작했다.

예전의 나는 사람들이 내게 잘해주는 걸 대수롭지 않게 생각했으며 오히려 당연하다고 여겼다. 하지만 지금은 가족을 비롯해 직장 동료, 멀리서 찾아와준 지인들, 나를 위해 기도해주며 내 아픔을 나누고 싶어 하는 친구들을 볼 때마다 '내게 무슨 덕이 있어 이런 보살핌을 받나?'라는 생각이 절로 든다. 이제 겨우 다른 사람들의 좋은 점을 발견하기 시작했을 뿐인데 이 작은 변화 덕분에 지금 그 어느 때보다 행복하다. 감사하는 마음에 이런 신기한 힘이 있다는 걸 왜 진작 몰랐을까.

한번 샘구멍이 열리면 연이어 샘물이 솟아나오듯 나는 감사에도 여러 단계가 있음을 알게 됐다. 제일 처음 나는 가족에게 감사하게 되었다. 두 번째 단계에서는 그에 대해 보답하려는 마음이 생겼다. 작은 선의에도 보답하는 것이 사람의 기본 도리라는 걸 그제야 알게 된 것이다. 세 번째 단계에서는 내가 먼저 나서서 나 아닌 누군가에게 관심을 보이게 되었다. 아내 셴링은 워낙 선한 사람이지만 내가 투병하고 난 뒤부터는 행여 자신이 도울 친지가 없는지 먼저 생각했다. 나 역시 이제는 행여 외국 여행을 가게 되면 지인들에게 어떤 선물을 고를지 고민하곤 한다. 솔직히 이런 행동은 예전에는 거의 불가능한 일이었다. 본래 그렇게 하려는 마음 자체가 없었기 때문이다.

그리고 제일 마지막 단계에 이르러 이제 나는 어떠한 희생을 해도 전혀 보답을 바라지 않게 되었다. 누군가를 위해 희생할 때 그것이 순수하게 사랑과 관심에 기인한 것이라면 이는 그 자체로 완성된 행위이다. 따라서 다른 것들은 전혀 고려하지 않고 그저 내가 할 수 있는 일을 하게 마련이다. "어린아이가 우물에 빠지려고 하면 누구든 앞뒤를 따지지 않고 구해줄 수밖에 없다"라는 맹자의 말처럼 말이다.

이것이야말로 감사의 최고의 경지가 아닐까 싶다. 어떤 특정 대상을 겨냥하지 않았을뿐더러 이 세상의 모든 사람이 운명 공동체임을 분명히 인식하고 있기 때문이다.

최근의 어느 의학 보고에 따르면 잘못된 생활습관 때문에 암에 걸리는 경우는 소수이며 아무런 원인 없이 암에 걸리는 경우가 대부분이라고 한다. 쉬운 말로 암 발병은 복불복이란 뜻이다. 하지만 나는 암에 걸리는 원인이 없는 것이 아니라 '아직 정확한 원인을 찾지 못한 것'이라고 생각한다. 어쩌면 암의 원인은 형태가 없는 부정적 정서나 의식일 수도 있다. 과학계가 우주의 총 질량 중 96퍼센트는 눈에 보이지 않는 암흑물질이라고 증명한 것처럼 말이다.

나는 과학을 전공한 사람이지만 이 세상에는 과학으로 설명할 수 없는 현상이 많다고 믿는다. 그래야만 나도 정해진 사고의 틀에서 벗어나 기꺼이 내면의 소리에 귀를 기울이고 아무런 목적 없는 희생을 할 수 있기 때문이다. 20세기의 대표 철학자 지두 크리슈나무르티도 이렇게 말했다.

"당신이 일부러 좋은 사람이 되려고 하면 그 선량한 꽃은 피지 않을 것이다. 또한 당신이 일부러 겸손의 마음을 키우려 하면 결국 그 결과에 실망하게 될 것이다. 선량과 겸손은 시원한 바람처럼 당신이 우연히 열어둔 창문을 넘어 불어올 뿐, 일부러 열어놓은 창문에는 영원히 불어오지 않는다."

이제 나는 더 이상 이 세상에 존재하는 수많은 결함을 비판하지 않는다. 다만 모든 생명은 끊임없이 배우고 성장하는 중이며 모든 결함 역시 원만해지는 과정에 있다고 믿는다.

그런 의미에서 보자면 '고통 받는 백성을 불쌍히 여기는 것이 불합리한 세상에 대해 분노하는 것보다 낫다'는 옛말은 하나도 틀리지 않는다. 이 말은 사실 감사의 구체적 실천으로, 세상의 부조리를 계속 인내하며 그것들이 점차 성숙되기를 기다리는 행위이다.

마음을 열면 시야도 자연스럽게 넓어지는 법이다. 사람은 누구나 계속 성장한다는 사실을 믿는다면, 예전에 내게 상처 줬던 사람도 용서하고 감사히 여겨야 한다. 그들 역시 미성숙한 존재로 마음에 두려움과 욕심을 느꼈기 때문에 내게 상처를 주지 않았겠는가. 또한 나 역시 누군가에게 같은 행위를 했을지 모른다.

이제 나는 남에게 실망하기보다 나 자신을 꾸짖는다. 그러면서 누군가로부터 받은 상처가 점점 희미해지고, 오히려 그들이 하루 빨리 두려움에서 벗어나 평안해지기를 진심으로 바라게 되었다. 이것이 곧 내가 암에게조차 진심으로 감사하게 된 진짜 이유다.

나는 무엇을 놓치며
살아왔는가

구글에 들어간 첫해에 여러 차례 어려운 도전에 직면했다. 하지만 나는 내가 처한 상황에 당당하게 맞서기 위해 때로 익살맞은 유머를 구사해가며 직원들을 격려했다. 그러다 한 번은 직원들이 내가 가진 독특한 리더십에 대해 이야기하며 '겁이 없다'는 말을 한 적이 있다. 하지만 나는 정말로 겁이 없을까?

사실 당시에는 회사 일로 인한 어려움과 함께 전 직장인 마이크로소프트로부터 소송을 당해 개인적으로 몹시 힘이 들었다. 그 모든 일을 감당하며 살면서 이보다 더 어려운 일은 없을 거라고 생각했다. 하지만 림프종을 앓은 후 그런 일은 대수로운 게 아니라는 걸 알게 됐다. 또한 우리 삶에는 우리가 이해할 수 없는 더 큰 영역이 있다는 걸 어렴풋이 깨달았다.

세상은 영적 성장을 위한 커다란 교실이다

유튜브에서 아니타 무르자니라는 여인의 임사체험 동영상을 본 적이 있다. 그녀는 온몸에 암이 퍼져 죽음의 문턱에서 정신을 잃고 말았다. 의사마저 이런 그녀를 포기했지만 그녀는 기적적으로 의식을 회복했다. 약을 쓰지 않고 암에서 완치된 그녀는 현재 여러 나라를 다니며 자신의 경험을 나누고 있다.

그녀의 말에 따르면 정신을 잃었을 때 모든 장기가 멈췄지만 내면의 의식은 또렷했다고 한다. 심지어 평소 잘 모르던 의료진을 포함해 모든 사람의 기척을 느낄 수 있었다. 또한 모든 사람과 하나가 된 것처럼 느껴졌고, 조건 없는 사랑에 가득 둘러싸여 있음을 감지했다. 그 사랑은 살면서 경험한 어떤 사랑보다도 강렬한 것으로, 아무 조건 없이 저절로 얻게 된 것이었다. 죽음을 눈앞에 둔 순간 그녀는 아무 조건 없이 자신을 사랑해야 하고, 무엇이든 두려워할 필요가 없다는 걸 깨달았다.

미국의 신경외과의사 이븐 알렉산더는 뇌막염에 감염돼 뇌사 판정을 받았지만, 7일 뒤 의식을 되찾았다. 뇌의학의 권위자였던 그는 자신이 다시 깨어날 수 있었던 것이 기적이었음을 의학적으로 증명했으며,《나는 천국을 보았다》라는 책을 통해 임사상태에서 경험한 천국에 대해 전했다.

그는 시공의 개념이 없는 천국을 경험했으며 그곳의 안내자로부터 세 가지 메시지를 받았다고 한다. 첫째, 당신은 아무것도 두려워하지 않아도 된다. 둘째, 당신은 스스로 잘못을 저지를까 겁낼 필요가 없다. 셋째, 당신은 충분히 사랑받고 있다.

이븐 알렉산더는 7일 동안 겪은 '지각이 깨어 있는 의식불명'을 통해 다음과 같은 깨달음을 얻었다.

'사람이 세상에 사는 것은 영적 성장을 위해서다. 그러므로 우리는 숙명론을 따를 것이 아니라, 인생을 자유롭게 선택하며 살아야 한다. 그 선택을 위해 세상에는 선과 악이 공존한다. 선악을 분별할 줄 알아야 선택도 배울 수 있기 때문이다.'

몇몇 사람들은 내게 묻는다.

"선생님은 어떻게 증거도 없는 이런 이야기를 믿으십니까?"

그런 질문에 대한 내 대답은 다음과 같다. 첫째, 작가는 신경외과 의사로 사람의 의식불명 상태에 대한 분석과 연구에 과학적인 깊이가 있다. 둘째, 이 책은 사실 여부를 떠나 한 번쯤 읽어볼 만한 가치가 있다. 셋째, 작가가 경험한 것이 무엇이든 나는 그가 진실하다고 믿으며 글로 쓴 내용 역시 그의 진정한 체험에서 나온 것이라 생각한다. 넷째, 책을 본다고 해서 반드시 믿어야 하는 것은 아니며 믿고 믿지 않고는 온전히 본인의 판단이다.

이같은 체험들이 하나같이 말하는 건 우리가 사는 세상은 영적인 단련을 위한 커다란 교실이며, 우리가 만나는 모든 것이 교재라는 사실이다. 따라서 우리는 두려움 없이 자신의 삶에 적극적으로 참여해야만 한다.

우리가 세상에 온 것이 배움을 위해서라면 사람들은 저마다 다른 인생의 양식을 선택해 배움을 계속하며 자신의 영혼을 단련시키고 있는 셈이다. 그렇게 보자면 우리 곁에 있는 모든 사람은 내게 교훈을 주는 친구이며, 삶의 매 순간은 찬찬히 곱씹어 볼 만한 의미로 가득 차 있다고 볼 수 있다. "모든 사람은 하느님이 인간 세계에 보낸 천사다. 그들의 존재는 모두 그만한 이유가 있으며 없어도 되는 사람은 없다. 그러므로 곁에 있는 사람들을 존중하는 것은 바로 하느님을 존중하는 것이다"라는 워런 버핏의 말처럼 말이다.

이는 꼭 종교적인 것이 아니며 일종의 인생철학이라고 볼 수 있다. 이 세상과 우리의 삶을 이러한 공동체적 관점에서 받아들인다면 우리는 더 끊임없이 자신을 성장시키고자 노력하게 된다. 또한 이런 인생관으로 이뤄진 사회는 분노와 경쟁, 조급함으로 이뤄진 사회보다 훨씬 나을 수밖에 없다.

공자는 "삶도 모르는데 어찌 죽음을 알겠는가(未知生, 焉知死)"라고 말했다. 이에 대해 생사학의 대가인 푸웨이쉰 교수는 "죽음도 모르는데 어찌 삶을 알겠는가(未知死, 焉知生)"라고 말한 바 있다.

하지만 나는 암을 앓고난 뒤 삶과 죽음을 바라보는 각도가 이미 달라졌다. 나는 내가 이 세상에 태어난 것에 분명 이유가 있다고 생각한다. 또한 내게 주어진 모든 일들과 나를 스쳐가는 사람 전부가 나를 성숙시키는 좋은 교재이며, 나 역시 누군가에게 그런 존재가 되기 위해 노력해야 한다고 생각한다. 그로 인해 우리가 사는 세상이 조금 더 아름다워진다는 걸 굳게 믿는다.

하지만 우리의 공동체 의식은 세상을 더 낫게 만들 수도 더 나쁘게 만들 수도 있다. 예를 들어 히틀러의 성공은 결코 그 한 사람의 힘으로 만들어진 것이 아니며 당시 독일의 공동체 의식이었으며 더 나아가 세계의 공동체 의식이었다고 할 수 있다.

따라서 우리는 좀 더 겸허한 자세로 평생 나와 인연을 맺은 모든 것들을 차근차근 배워 나갈 필요가 있다. 죽음을 가까이에서 경험한 뒤 내 세상은 더 넓어졌고 덕분에 나는 두려움 없이 전진할 수 있게 됐다. 나는 이제 더 이상 안달복달하거나 조바심 내며 살지 않을 것이다. 대신 나는 지금 이 순간을 즐기며 삶이 내게 어떤 메시지를 전하려고 하는지 자세히 들어보려 한다.

물론 내게는 여전히 타고난 욕망과 두려움 같은 단점이 있다. 하지만 스스로 열심히 노력하다 보면 어제보다 오늘, 오늘보다 내일 더 좋은 사람이 되어 있지 않을까? 나는 내 단점들로부터 도망치지 않고, 서로 사이좋게 지내며 그 속에서 더 큰 힘을 얻으려 한다. 삶의 욕망은 모든 힘의 근원이기 때문이다.

후회 없는 삶을 위해 던져야 할 질문

나는 신 혹은 인간을 초월하는 어떤 의식이 존재한다고 믿는다. 그런 존재가 세상이라는 이 커다란 교실을 미리 마련해두지 않았을까 하는 생각이다. 하지만 나는 사람에게 자유의지가 있으며 자신의 운명을 스스로 결정할 수 있다고 더 확고히 믿고 있다. 타락할 것인지 더 높은 경지에 이를 것인지는 오직 본인의 선택에 달렸다. 사람은 자유 의지를 갖고 태어났고, 체스 판의 말처럼 누군가에 의해 움직이지 않는다. 도가에서 "내 운명은 하늘이 아닌 내게 달렸다"라고 말하는 것처럼 우리는 자신에게 주어진 운명을 바꿔 더 나은 세상을 만들 수 있다.

과거의 내 인생을 돌아보자면 나는 '매일 노력해 최고의 자신이 돼자' '영향력을 최대화해 세상을 변화시키자'라는 생각에 골몰했다. 사실 이 두 가지 생각엔 큰 오류가 없다. 문제는 이러한 자기 기대를 지나치게 경쟁적인 방식으로 충족하려 했다는 데 있다.

이 두 목표를 올바른 방향으로 지켜내면서도 분초를 다투는 기계가 되지 않으려면 마음가짐을 이렇게 바꿔야 한다. '인생을 직접 체험하고, 내 느낌을 믿으며, 마음의 소리를 따른다면 세상은 훨씬 좋아질 것이다.'

다만 매일 얼마나 나아졌는지 굳이 따져선 안 되며 자신에게 잠재된 경쟁심리를 경계해야 한다. 이외에도 내가 강조하고 싶은 점은 인생에 꼭 무언가를 남기려고 애쓸 필요가 없다는 것이다. 그보다 우리가 더 중요하게 생각할 문제는 다음과 같은 것들이다.

첫째, 나는 양심에 따라 모든 일을 하고 있는가?

둘째, 무조건적으로 곁에 있는 모든 사람을 사랑할 수 있을까?

셋째, 나는 자신에게 진실하고 다른 사람들에게 진실할 수 있나?

넷째, 나는 지금 진실하게 인생을 살면서 선량하고 아름다운 것들을 누리고 있을까? 그러면서 점차 성장하는 인생을 살고 있나?

다섯째, 나는 특별한 인연이 있는 사람, 특히 마음으로부터 좋아하는 사람에게 감사하고 있는가?

여섯째, 인생에 억지로 무언가를 남기려고 하는 건 아닌가? 무언가를 꼭 남기고 싶다면 그것은 오로지 선한 마음을 가진 아이들이어야 한다. 후대를 거쳐 희망과 사랑을 전하기 위해.

마지막으로 한마디 더 당부하고 싶다. 이런 노력을 하면서 자신의 영향력이 얼마나 되는지는 가늠할 필요는 없다는 것이다. 우리한 사람 한 사람은 정말 보잘것없는 존재이기 때문이다. 그러므로 영향력의 최대화를 일생의 목표로 삼아서는 안 된다. 대신 나는 이렇게 말하고 싶다.

"세상을 체험하고 스스로 더 많은 경험과 지혜를 쌓아라."

3장

단 1분이라도
마음을 다한다면

얼마 전 나는 가까운 지인이 암으로 죽었다는 소식을 들었다.
완쾌된 줄 알았는데 갑자기 재발해 예순한 살이라는 조금은 이른
나이에 세상을 떠나고 만 것이다. 허허로운 마음에 그의 페이스북을
들여다보다 누군가 그의 죽음을 슬퍼하며 남긴 글을 발견했다.

몇 해 전, 친한 친구가 아내를 떠나보내고 얼마 지나지 않아
내게 말했다. "아내 유품을 정리하다 스카프를 하나 발견했어.
뉴욕에 함께 여행 갔을 때 산 거였는데.
비싼 가격표가 그대로 붙어 있더라고. 마누라가 차마 아까워
가격표도 못 떼고 나중에 특별한 날 두르겠다고 기다렸나 봐."
친구는 잠시 말을 멈췄고 나도 뭐라 대꾸하지 못했다.
겨우 마음을 진정시킨 친구가 다시 말했다. "좋은 걸 특별한 날
쓰겠다고 기다리지 말게. 자네가 살아 있는 매일이 특별한 날이니까."

'오늘이 바로 특별한 날'이라는 제목의 이 글은 주어진 삶을
어떤 마음으로 살아가야 할지 생각해보게 한다.
어쩌면 우리는 오지도 않은 미래, 이미 지나가버린 과거에 집중한

나머지 지금 내게 주어진 소중한 시간들이 허무하게 사라져가고
있는 걸 깨닫지 못하고 있는 건 아닐까.
아쉬움 없는 인생을 살려면 매 순간을 기쁘게 사는 일이
가장 중요할지 모른다.
우리는 '잊을 수 없는 순간'을 만드는 데 노력을 기울여야 한다.
이는 나 자신뿐 아니라 가족이나 친구를 위해서이기도 하다.
예전의 나는 일하고 남는 시간에 가족과 시간을 보내면서도 마음은
콩밭에 가 있을 때가 많았다. 그 시간은 금세 기억에서 잊혔으며
다시 떠올릴 만한 어떤 추억도 남기지 못했다.
하지만 이제부터라도 잊지 못할 순간을 만들겠다고 마음을 고쳐먹고
나서는 갈수록 인생이 풍족해지고 하루하루가 달콤하고 따뜻하다.
하지만 잊지 못할 순간을 만드는 데 화려한 만찬이나 예쁜 꽃,
빛나는 다이아몬드 반지가 필요한 것은 아니다.
바쁘게 걷던 발걸음을 멈춰 삶 속의 짧은 순간,
단 1분이라도 마음을 다한다면 함께하는 사람과
평생 기억에 남을 추억을 만들 수 있다.

———————

바로 지금 오늘이
가장 특별한 날이다

어느 날 오후, 잠시 낮잠을 자고 난 뒤 문득 오래된 친구가 떠올라 전화를 걸었다. 마침 친구도 시간이 있다길래 그길로 아내와 함께 친구의 집을 찾았다.

친구 부부는 반갑게 우리를 맞으며 작은 정원으로 안내했다. 오후의 가을 햇살은 적당히 따뜻했고 계수나무는 이제 막 꽃을 피워 옅은 향기가 바람에 실려 왔다. 친구는 누울 수 있는 긴 의자를 내게 내어줬다. 거기에 반쯤 누워 숨을 크게 내쉬니 오장육부가 다 편해지는 것 같았다. 친구가 차를 내왔을 때 눈을 감은 채 물었다.

"자네 언제부터 이렇게 좋은 세월을 보냈나? 계수나무 아래 이런 편안한 의자까지 두고 말이야."

"우리 집에 처음 오신 것도 아니잖아요. 여기 있는 계수나무는 심은 지 10년이 다 되어가는 걸요."

솔직한 성격을 가진 친구의 아내가 사과를 담은 접시를 들고 나오며 한마디 던졌다. 친구도 내 옆에 앉으며 짐짓 화가 난 척 말했다.

"그걸 이제야 알았단 말이야? 이 의자는 내가 가장 아끼는 거라고. 자네가 여기 몇 번이나 앉은 줄 알아? 나름 신경 써 대접했는데 그동안 내가 아주 헛수고를 했구먼."

"아이고, 맞네. 내가 이렇게 무딘 사람일세."

난처한 미소를 지으며 말을 돌렸지만, 사실 나는 친구의 집에 계수나무가 있었는지, 내가 그 긴 의자에 누운 적이 있었는지 전혀 기억나지 않았다.

매일을 '특별한 하루'라고 생각하라

예전에 나는 멈춘다는 말을 몰랐다. 퇴근을 해도 머릿속은 온통 일로 가득 차 있었다. 어쩌다 가끔 휴가를 간다 해도 몸만 거기 있을 뿐이었다.

한번은 둘째 딸 더팅과 함께 해안가에 석양을 보러 간 적이 있다. 부두는 관광객들로 발 디딜 틈이 없었고 거리에는 악사들의 노랫소리가 저녁 바람에 실려 왔다. 한 신혼부부가 백마를 탄 채 사진을 찍는데 말의 흰 털이 눈부신 석양에 물들어 황금빛으로 보였다. 눈에 보이는 모든 것이 그림처럼 아름다웠다.

우리 부부는 더팅의 손을 잡고 걸었고, 신이 난 딸아이는 참새처럼 조잘조잘 떠들어댔다. 하지만 나는 틈만 나면 휴대전화를 꺼내 새로운 소식이 들어오지 않았는지를 살폈다. 곁에서 한 번, 두 번 참던 더팅은 점점 말수가 줄더니 끝내 심각한 목소리로 항의했다.

"아빠! 겨우 시간을 내 여기까지 오셨잖아요. 석양이 곧 진다고요. 이렇게 멋진 풍경을 앞에 두고 휴대전화만 들여다볼 거예요?"

얼른 휴대전화를 집어넣었지만 더팅은 작정한듯 나를 빤히 쳐다보며 말을 이어갔다.

"저도 휴대전화 보는 거 좋아해요. 하지만 적어도 이런 곳, 이런 시간에는 안 본다고요. 아름다운 순간은 눈 깜짝할 새에 지나가서 다시는 돌아오지 않아요."

깜짝 놀라 아이를 바라봤다. 철없던 아이가 언제 이렇게 진지한 깨달음을 얻었을까?

사람들은 늘 인생이 덧없고 짧다고 말한다. 시간은 순식간에 지나가고 현재의 아름다움은 영원히 되돌아오지 않는다. 이를 모르는 사람은 없지만 진정으로 마음에 담아두는 이는 드물다.

얼마 전 나는 가까운 지인이 암으로 죽었다는 소식을 들었다. 완쾌된 줄 알았는데 갑자기 재발해 예순한 살이라는 조금은 이른 나이에 세상을 떠나고 만 것이다. 허허로운 마음에 그의 페이스북을 들여다보다 누군가 그의 죽음을 슬퍼하며 남긴 글을 발견했다.

　몇 해 전, 친한 친구가 아내를 떠나보내고 내게 말했다.

　"아내 유품을 정리하다 스카프를 하나 발견했어. 뉴욕에 함께 여행 갔을 때 산 거였는데 비싼 가격표가 그대로 붙어 있더라고. 마누라가 차마 아까워 가격표도 못 떼고 나중에 특별한 날 두르겠다고 기다렸나 봐."

　친구는 잠시 말을 멈췄고 나도 뭐라 대꾸하지 못했다. 겨우 마음을 진정시킨 친구가 다시 말했다.

　"좋은 걸 특별한 날 쓰겠다고 기다리지 말게. 자네가 살아 있는 매일이 특별한 날이니까."

'오늘이 바로 특별한 날'이라는 제목의 이 글은 주어진 삶을 어떤 마음으로 살아가야 할지 생각해보게 한다. 어쩌면 우리는 오지도 않은 미래, 이미 지나가버린 과거에 집중한 나머지 지금 내게 주어진 소중한 시간들이 허무하게 사라져가고 있는 걸 깨닫지 못하고 있는 건 아닐까. 아쉬움 없는 인생을 살려면 매 순간을 기쁘게 사는 일이 가장 중요할지 모른다.

또한 우리는 '잊을 수 없는 순간'을 만드는 데 노력을 기울여야한다. 이는 나 자신뿐 아니라 가족이나 친구를 위해서이기도 하다.

예전의 나는 일하고 남는 시간에 가족과 시간을 보내면서도 마음은 콩밭에 가 있을 때가 많았다. 그 시간은 금세 기억에서 잊혔으며 다시 떠올릴 만한 어떤 추억도 남기지 못했다.

하지만 이제부터라도 잊지 못할 순간을 만들겠다고 마음을 고쳐먹고 나서는 갈수록 인생이 풍족해지고 하루하루가 달콤하고 따뜻하다.

어느 겨울 오후, 막 귀국한 큰딸 더닝이 목도리와 모자를 떠주겠다고 해서 온 가족이 근처 털실 가게로 출동한 적이 있다. 우리 네 식구는 저마다 털실을 고르며 작은 가게 안을 떠들썩하게 돌아다녔다. 아내와 두 딸은 뭘 고를지 이러쿵저러쿵 토론을 하다 이따금 내게도 털실을 보여주며 어떠냐고 물었다. 그런 세 사람을 가만히 지켜보고 있자니 마음속에 말로 설명할 수 없는 온기가 느껴졌다.

또 한번은 둘째 딸 더팅과 함께 산책을 나갔는데 길 위로 온갖 꽃들이 흐드러지게 피어 있었다. 그중 가장 눈길을 끈 건 녹나무였는데 전에는 이렇게 예쁜 나무가 있는지조차 몰랐다. 외국에서 오래 산 더팅도 모르기는 마찬가지였다. 우리 둘은 길가에 구름덩이처럼 모여 있는 연둣빛의 나무를 보며 천천히 걸었다. 바람이 불자

옅은 향기가 공기 속에 실려 왔고 딸아이는 나지막하게 중얼거렸다. "이런 기분이 진짜 행복이겠지."

하루는 아내 쳰링과 함께 작은 상자를 들고 집 근처의 작은 커피숍으로 향했다. 커피숍 입구에는 호박마차가 세워져 있었고, 우리는 그 안에 앉아 커피를 마셨다. 내가 "커피가 정말 맛있네"라고 하자 아내는 피식 웃으며 말했다.

"당신은 잠이나 깨려고 커피를 마셨지 언제 제대로 커피 맛을 음미해본 적이 있어?"

우리는 작은 상자를 열어 둘만의 추억들을 하나하나 꺼내봤다. 두 딸아이가 장난꾸러기였던 시절에 찍은 빛바랜 사진들, 아내와 주고받은 연애편지, 조금 이른 결혼을 허락받으려고 내가 부모님께 썼던 편지 등이 거기 있었다. 누런 종이 위에 적힌 견우와 직녀가 어쩌고 하는 글을 보고 있으려니 30년 전으로 돌아간 것만 같았다. 상자에는 연애시절에 내가 만들었던 가짜 편지도 담겨 있었다. 당시 아내의 편지는 로맨틱한 느낌이 부족한 편이었다. 그래서 나는 아내에게 받은 편지 수십 통을 복사해 한 글자 한 글자 오려낸 뒤, 그 글자들을 이용해 내가 받고 싶었던 새로운 '연애편지'를 만들었다. 내용이 얼마나 우습고 낯간지러운지 아내는 이 편지를 볼 때마다 웃음을 터뜨리곤 한다.

그날 오후, 따뜻하고 아름다운 추억과 함께 잊지 못할 하루가 지나갔다. 그저 함께 조용히 그 순간을 누렸을 뿐이지만 그날의 기억은 서로의 삶에 새겨져 따뜻한 빛을 발하게 됐다.

이렇듯 잊지 못할 순간을 만드는 데 화려한 만찬이나 예쁜 꽃, 빛나는 다이아몬드 반지가 필요한 것은 아니다. 바삐 걷던 발걸음을 멈춰 삶 속의 짧은 순간, 단 1분이라도 마음을 다한다면 함께하는 사람과 평생 기억에 남을 추억을 만들 수 있다. 또한 앞으로 그 추억을 떠올릴 때마다 절로 미소가 떠오를 것이다.

아차, 우리가 만들 수 있는 잊지 못할 순간 중에는 편지도 포함된다(편지의 내용이 얼마나 중요한지 결코 얕잡아봐선 안 된다. 내가 두 딸에게 써준 편지는 아마 50년 뒤까지 회자될 것이고, 서랍장 한편에서 소중한 보물로 간직될 것이다).

순식간에 흘러가는 인생에서 나는 가장 아름다운 방식으로 가족과 친구들과 함께하고 싶다. 또한 그 시간들이 사랑의 나눔, 영혼과 영혼의 대화가 되게 하고 싶다. 그래야만 인생에 그 어떤 아쉬움도 남기지 않을 테니까.

이미지를 버려라

예전에 나는 한 사람이 이룰 수 있는 가장 큰 성취는 '세상을 바꾸는 것'이라고 생각했다. 하지만 어떻게 세상을 바꿀 것인가에 신경 쓰지 않게 되면서 남을 비판하고 단점을 지적하는 마음이 줄어들었다. 대신 모든 관심을 몸과 마음의 건강, 말과 행동에 두게 됐다. 이렇게 끊임없이 나 자신을 느끼고 관찰하려니 다른 것에 눈 돌릴 겨를이 없어졌다.

본래 나는 개인의 이미지를 중요하게 여겼지만 지금은 나 자신에게만 집중하며 어떤 일을 함에 있어 부끄러움이 없는지, 다른 사람들에게 공평한지만을 생각한다. 또한 다른 사람을 바꾸려 하지 않고 오직 나만 바꾸려 하며, 스스로 어제보다 오늘 더 성장하려 애쓴다. 그러다 보니 '이미지'란 빈껍데기는 내게 아무런 의미가 없어졌다. 또한 타인의 비판과 칭찬도 점점 마음 쓰지 않게 됐다.

언젠가 한 친구에게서 이런 글을 받았다.

우리는 살면서 원하는 모든 것을 '추구'해서는 안 되며 '매료'시켜야 한다. "구하는 것이 있으면 괴롭고, 구하는 것이 없으면 즐거워진다(有求皆苦, 無求乃樂)"라는 부처님 말씀이 있다.

아름다운 나비를 본 사람이 신발과 그물망을 사서 한참이나 그 뒤를 쫓았다. 숨을 헐떡이며 뛴 그는 결국 나비를 잡았지만 겁에 질린 나비가 그물망 여기저기에 부딪친 통에 원래의 아름다움을 잃고 말았다. 게다가 나비는 그의 눈길이 소홀한 틈을 타 훨훨 날아가버렸다. 이것이 바로 '추구'다.

나비를 좋아한 또 다른 사람은 꽃이 활짝 핀 화분을 창가에 놓아뒀다. 그는 가만히 소파에 앉아 차를 마셨고 얼마 지나지 않아 나비가 먼저 꽃을 찾아 날아왔다. 이것이 바로 '매료'다.

　'추구'는 자신의 입장만 생각하기에 사물에 내재된 미묘한 규율을 소홀히 하게 마련이다. 그 때문에 종종 일이 뜻대로 이뤄지지 않는다. 반면 '매료'는 자신을 완벽하게 만들고 스스로를 바친다는 의미에서 출발해 순리를 따르기에 모두가 기쁨을 누릴 수 있다.

　'당신이 활짝 피어나면 나비는 절로 날아든다. 또한 당신이 뛰어나면 하늘이 먼저 당신을 찾는다.'

　이 짧은 글에 나는 무척 동감한다. 예전의 나는 일에 지나치게 힘을 써 잠시도 쉬지 못한 채 어떻게든 가장 큰 박수소리를 들으려고 애썼다. 하지만 림프종을 앓고 난 뒤 삶에서 가장 중요한 성취는 사실 자신에게 있는 독특한 본질을 개발해나가는 것임을 깨달았다.

　우리는 더 많은 시간을 들여 진짜 원하는 사람이 되고, 진짜 원하는 일을 해야 한다. 그러지 않고 남보다 앞서기 위해 다투고 뒤떨어질까 겁내며 명예와 이익을 좇다 보면 그 욕망이 괴물이 되어 우리의 영혼을 차지하고 만다. 괴물에 사로잡힌 사람은 아무리 유명해져도 더 유명해지려 하고, 아무리 돈을 벌어도 더 많은 돈을 벌려고 한다. 이런 사람은 결국 어린 시절 정말 하고 싶었던 일이 무엇인지조차 잊고 만다.

자아를 실현하는 가장 좋은 방법, 궁극의 행복에 이르는 법은 마음을 활짝 열어 나비를 매료시키는 꽃이 되는 것이다. 결코 외부의 가치관에 끌려다니거나 다른 사람의 인정을 얻기 위해 경쟁할 필요가 없다.

지금 이 순간을 살라

딸 더팅과 앞으로의 진로에 대해 이야기하다 내가 물었다.

"네가 그렇게 촬영을 좋아하는데 대체 그 일이 네게 주는 가장 큰 기쁨이 뭐니?"

"친구랑 밖에 나갔다가 아름다운 것에 눈길을 주는 사람이 많지 않다는 걸 알았어요. 내가 찍은 사진을 본 사람들이 말하더라고요. 정말 예쁘다고. 내가 발견한 걸 사람들도 아름답다고 느낀 거죠. 사람은 누구나 아름다운 걸 좋아해요. 다만 쉽게 못 볼 뿐이죠."

아이는 느리지만 분명하게 자신의 생각을 이야기했다.

"그게 너의 특별한 재능일까? 남들은 발견하지 못하는 아름다움을 찾아내는 거 말이야."

내 말에 아이는 잠시 머뭇거리더니 미소를 지었다.

"아마 사람들에게도 그런 능력이 있겠죠. 그냥 신경 쓰지 않는 것뿐이지. 너무 바빠서 마음을 집중할 수 없는 거예요.”

나는 아직 젖살이 남아 있는 딸아이의 얼굴과 갖가지 색깔로 염색한 머리, 왼손 엄지 아래쪽에 새겨진 'Stay gold'라는 글자를 찬찬히 바라봤다.

'지금에 집중하라. 눈앞의 아름다움을 느껴라.'

어리게만 생각했던 아이의 영혼에 나는 이제야 알게 된 삶의 깨달음이 자리 잡고 있다고 생각하니 가슴이 벅차올랐다. 하지만 나는 짐짓 아무렇지 않은 척 미소를 띠며 딸아이에게 고개를 끄덕여 줬다. “좋았어!”

우리에게 모든 순간은 소중하고 특별하다. 그러니 결코 계획표의 노예가 되어선 안 된다. 바쁜 게 좋은 게 아니냐고 묻고 싶은가? 매일 연이은 회의에 쉬지도 못하면서 시간을 충실히 보내고 있다고 착각해선 안 된다. 그보다 정말 자신이 좋아하고 몰입할 수 있는 일을 해야만 삶을 잘 운용할 수 있다.

건강에 신경을 쓰든 잊을 수 없는 순간을 만들든 혹은 자신에게 최선을 다하든 '지금 이 순간을 살아야' 그렇게 할 수 있다. 우리는 종종 마음이 흐트러져 '지금'을 소홀히 하기 때문에 진정한 행복과 아름다움을 놓치고 만다.

소설가 커트 보니것은 이렇게 말했다.

“인생의 작은 일들은 누려라. 나중에 되돌아보면 그것들이 결코 작지 않음을 깨닫게 될 테니까."

지금 이 순간에 집중하고 생활의 작은 부분에서 행복의 본질을 보며 매 순간을 있는 그대로 느끼려 애쓸 때 삶은 진주처럼 알알이 빛나게 된다.

어떤 일을 하든 "서두르지 마" "나중에" "기회를 봐서" "기회가 또 있잖아" "특별한 날을 기다리자"라고 말해선 안 된다. 바로 지금 이 순간을 살아 오늘이 그 '특별한 날'이 되게 하라. 당신이 사는 하루하루를 삶에서 '가장 특별한 날'로 만들어야 한다. 길든 짧든 인생을 이렇게 살 수 있다면 우리의 삶은 분명 풍성해질 것이다.

행운은 기대하지 않은 순간에
찾아온다

2015년 춘절(春節)이 지나 내 치료 과정은 거의 마무리가 됐고, 3개월에 한 번씩 하는 몇 번의 표적치료와 정기검진만이 남아 있었다. 의사의 동의로 나는 다시 일터로 돌아갈 수 있게 됐다. 우선 베이징에 들렀다 홍콩과 싱가포르를 거쳐 유럽에 투자자들을 만나러 갔다. 16일에 걸친 여정이었는데 3년 전에도 나는 같은 목적으로 유럽을 갔었다. 하지만 그때와 비교해보면 이번 출장에 대한 내 마음가짐은 완전히 달랐다.

3년 전 나는 16일 동안 유럽의 11개 도시를 돌았다. 나는 출발 전에 회사 직원에게 어떻게 해야 16일 안에 가장 많은 도시를 방문해 가장 많은 투자자를 만날 수 있을지를 정확히 계산해달라고 부탁했다.

덕분에 출장 기간 내내 매일 새벽 4시에 일어나 30분 만에 호텔을 나서 공항으로 향했으며, 이른 아침부터 밤늦게까지 엄청나게 빡빡한 일정을 소화했다. 매일 평균 두 명의 투자자를 만났는데 많게는 다섯 명을 만나기도 했다. 당시만 해도 회사를 차린 지 얼마 되지 않아 자금이 충분하지 않은 때였다. 투자자들을 만날 때마다 얼굴에 미소를 띠며 여유 있게 이야기를 이어나갔지만 사실 내 심장은 잔뜩 긴장한 상태였다. 적토마에 올라 청룡언월도를 든 채 적을 쫓는 관우처럼, 나는 온 정신을 집중해 어떻게 해서든 공을 세우려고 발버둥쳤다.

나를 깨운 마지막 경고

긴 여정 중에 취리히에서 어쩌다 세 시간의 여유가 생겨 호숫가에서 긴장을 풀 수 있었다(그 와중에도 호수 사진을 찍어 웨이보에 올렸다). 하지만 그것도 잠시, 생각지도 못한 사고를 겪고 말았다.

취리히를 떠나 제네바 역에 도착해 길을 찾으려는데 어디선가 물벼락이 날아들었다. 그때 지나가던 사람이 온몸이 젖은 나를 보고 다가와 친절히 물기를 닦아줬다. 심지어 그는 내 외투를 벗기려고 했는데 정신이 없던 나는 몸을 돌리다 누군가 내 서류가방을 들고 달아나는 걸 보게 됐다. 다급한 마음에 뒤쫓으려는 찰나 또 다른 사람이 나타나더니 나를 도와주는 척하며 앞길을 막았다.

그렇게 몇 초 만에 서류가방을 도둑맞고 말았다. 세 명의 북아프리카 강도들은 현금과 노트북, 아이패드뿐만 아니라 창신공장의 비즈니스 기획서까지 훔쳐가버렸다. 호텔로 돌아온 나는 웨이보에 이 일을 올렸다. 분한 마음을 억누를 수 없었지만 나름 유머 있게 몇 마디 덧붙였다.

'세 분의 도둑님들이 제 기획서를 갖고 북아프리카에 창신공장을 세워 자국의 경제 성장에 기여했으면 좋겠네요. 나중에 성공하셔서 스위스에도 근사하게 돌아오시고요.'

웨이보에서는 웃고 떠들었지만 사실 당시 내 상황은 좋지 않았다. 설상가상으로 마지막 투자자를 만난 뒤에는 여정 중간에 시작된 두통이 참을 수 없을 만큼 심해졌다. 급히 찾은 병원에서 진통제를 처방받았지만 아무런 효과를 보지 못했고 상태는 갈수록 심각해져 이마에 붉은 농포까지 생겼다. 아픈 몸을 간신히 이끌고 베이징으로 돌아온 뒤에야 스트레스가 심하면 생긴다는 대상포진에 걸렸다는 걸 알았다.

3년 전의 여정에서 내 몸은 이미 분명한 경고를 보내고 있었다. '더 이상 그렇게 살면 안 돼. 효율이 그렇게 좋아? 그래, 네가 효율과 뭘 맞바꿔야 하는지 가르쳐줄까?'

하지만 나는 몸이 하는 말을 깡그리 무시한 채 계속 죽을힘을 다해 뛰었다. 말을 탄 영웅처럼 자아도취에 빠져 있었던 것이다. 결국 나는 배수진을 친 몸으로부터 결코 간과할 수 없는 엄청난 통보를 받고 말았다.

확연히 달랐던 두 번째 여행

3년 뒤의 여행 역시 투자를 성사시켜야 한다는 사명을 지고 있었다. 하지만 일하는 방식은 전혀 달랐다. 이번에는 회사 동료에게 각 도시마다 사나흘씩 머물고 회의는 많아야 하루에 두 번만 하고 나머지 시간은 관광을 하며 맛있는 걸 먹을 수 있게 일정을 잡아달라고 부탁했다. 특히 쇼핑할 수 있는 시간도 꼭 넣어달라고 했다. 가족에게 가방 한 가득 선물을 주고 싶었기 때문이다.

하루는 런던 지하철 안에서 두 명의 중국 청년과 마주쳤다. 그들은 내가 누군지 바로 알아보는 눈치였다. 어느 정도 얼굴이 알려진 나로서는 흔한 일이라 대수롭지 않게 시선을 돌렸는데 몇 분이 지나 두 친구 중 한 명이 쭈뼛거리며 내 옆자리에 앉았다. 그러더니 내게 자기소개를 하고는 옆에 앉은 이유를 설명했다. 알고 보니 그날 내가 런던에 간다는 소식이 웨이보를 통해 중국 유학생들의 귀에 들어갔던 모양이다. 그는 조심스러운 어투로 내게 부탁했다.

"저희 유학생들을 위해 강연을 해주실 수 있을까요?"

나는 망설이지 않고 기분 좋게 허락했다.

예전에 나는 회사를 통해 신중히 판단한 끝에 강연 스케줄을 잡았다. 당시 나는 안전은 물론 강연의 가치를 먼저 계산했고, 장소의 크기와 청중의 숫자를 따졌다. 강연 내용 역시 한 페이지 한 페이지 정교하게 설계했으며 여러 번 다듬었다. 이렇게 아무 준비도 없이 여행에서 만난 인연으로 강연을 하는 건 처음이었다.

하지만 강연 약속을 했을 때 내 기분은 그 어느 때보다 즐거웠다. 그 자리에서 강연 시간과 장소를 잡은 뒤, 근처 식당에서 밥을 먹으면서 쇼핑백 위에 강연 내용을 대강 정리했다.

이런 즉흥적인 강연이 현장에서 어떤 반응을 불러일으킬 수 있을지 은근히 기대가 됐는데, 뜻밖에도 그 강연은 예전에 심혈을 기울였던 강연보다 더 크게 청중의 마음을 흔들었다.

내가 학생들에게 들려준 이야기는 굉장히 실질적인 것이었다. 나는 학생들에게 과거의 내 경험담을 들려주며 유학은 공부만을 위한 것이 아니라 그 사회를 몸으로 체험하는 기회라고 말해주었다. 스스로 외국 학생이라 느끼지 않게 될 때, 외국 친구와 스스럼없이 장난을 칠 수 있을 때 비로소 그들의 사고방식을 이해하게 되고 세계관을 넓힐 수 있기 때문이다.

질의응답 시간이 되자 한 사진학과 학생이 촬영을 공부하는 딸에게 어떤 조언을 해주냐고 물었다.

"딸에게 해주는 결정적인 한 마디는 이겁니다. 공부 마치면 더 이상 뒷바라지 안 해준다!"

이 말에 현장은 웃음바다가 되었다.

사실 말은 그렇게 했지만 나도 나름 생각해둔 바가 있다. 큰딸이 의상 디자이너가 되면 사진작가가 필요하지 않겠는가. 그래서 나는 종종 큰딸에게 디자이너가 되면 꼭 동생을 데리고 다녀야 한다고 말하곤 한다. 이런 이야기를 하다 보니 강연 내용은 삼천포로 빠졌지만 강연 내내 웃음소리가 끊이지 않았다.

준비한 내용을 다 전하지는 못했지만 그건 중요하지 않았다. 300여 명의 젊은 친구들과 나는 더 없이 유쾌한 저녁을 보낼 수 있었으니 말이다. 가족을 떠나 먼 타지에서 외롭게 고군분투하는 그들에게 심각하고 진지한 설교보다는 고국의 친구들과 한자리에 모여 서로 공감하며 마음을 나누는 자리가 더 필요했을 것이다. 거기에 인생 선배가 유학 생활에 중요한 팁을 던져줬으니 그것도 조금은 유용했을 테고 말이다. 강연이 화제가 되었는지 중국의 한 주간지에 흥미롭고 유쾌했던 강연 현장 스케치가 소개되기도 했다.

인연으로 이어진 우연

유럽에서 있었던 일 중 또 의미가 있었던 건 어느 중국인 부부와의 우연한 만남이었다.

　런던에 막 도착했을 때 나는 서둘러 현지에서 가장 유명한 레스토랑에 예약 전화를 걸었다. 하지만 실망스럽게도 담당자는 이미 자리가 꽉 찼다며 다음에는 좀 더 일찍 예약을 해달라고 했다.

　"알았습니다. 다음에 하죠."

　말은 그렇게 했지만 사실 속으로는 '내가 언제 또 여기에 올 줄 알고?' 하는 실망감이 들었다.

　사람이 몸과 마음이 편해지면 어디를 가든 일이 순리대로 흘러가는 듯하다. 마음을 편히 먹는 순간 애를 쓰지 않아도 마치 마법처럼 일이 풀리기도 하는 것이다. 《연금술사》의 작가 파울로 코엘료도 말하지 않았던가.

　"자네가 무언가를 간절히 원하면 온 우주는 자네의 소망이 이뤄지도록 도와준다네."

　나는 한 번도 이 말을 직접 경험해 본 적이 없었다. 그런데 뜻밖에도 런던에서 온 우주가 나서서 내 소망을 이뤄줬다.

　실망한 마음을 다잡고 있는데, 바로 그날 내 웨이보에 예상치 못한 글 하나가 올라왔다.

　'리카이푸 선생님, 안녕하세요. 런던에 오신 걸 정말로 환영합니다. 한 번이라도 얼굴을 뵐 수 있으면 좋겠어요. 혹시 런던에서 가이드나 비서, 하다못해 짐꾼이라도 필요하지 않으세요? 선생님의

팬으로서 이렇게 지원합니다. 우연하게라도 만나고 싶습니다.'

어떤 만남이라도 소중하게 생각하자고 마음먹고 있던 나는 반갑다는 회신을 보냈고, 그로부터 한 시간 뒤 다시 쪽지가 날아왔다.

'리카이푸 선생님, 다음 주 월요일 저녁에 ○○에 자리를 예약할 수 있는데 혹시 시간이 나시나요? 저희 부부가 식사를 대접하고 싶습니다.'

이런 기막힌 우연이 또 있을까? 쪽지를 본 나는 뛸 듯이 기뻤다. 그가 말한 곳이 좀 전에 예약에 실패한 바로 그 레스토랑이었기 때문이다.

덕분에 나는 맛있는 음식을 즐길 수 있었다. 또한 귀엽고 사랑스러운 이 젊은 부부와 좋은 인연을 맺어, 지금도 며칠에 한 번 모바일 메신저로 이런저런 잡담을 나누곤 한다. 우리는 음식에서부터 온천, 영화, 건강, 수면, 인테리어, 독서, 운동에 이르기까지 나누지 않는 이야기가 없다.

이전에도 나는 메신저 등을 통해 수많은 낯선 이에게 연락을 받곤 했다. 하지만 가치가 없다고 생각되는 만남은 전혀 갖지 않았다. 업무가 되었든 사회적 공헌이 되었든 결과물이 분명하지 않으면 만날 가능성조차 두지 않았다. 그러나 마음을 달리 먹고 나니 예기치 않은 만남들이 오히려 내게 더 큰 선물을 가져다 준다는 걸 알게 되었다. 눈에 보이는 결과가 아니더라도 마음에 전해지는 기쁨은 훨씬 더 크다.

내가 우연히 맺은 인연은 이들 뿐이 아니다. 지금 이 순간에도 천천히 발효되고 있는 우정이 많다. 몸과 마음이 지금보다 더 편안해지고 먼저 계산하려들지만 않는다면 더 많은 것을 얻을 수 있으리라 믿는다. 리안 감독도 출세작인 〈와호장룡〉에서 말하지 않았던가.

"주먹을 꽉 쥐면 손안에 아무것도 없지만 손을 펴면 모든 것을 가질 수 있다네."

어릴 적 꿈에
진짜 내 모습이 있지 않을까

만약 림프종에 걸리지 않았다면 나는 분명 예전의 생활과 일, 수많은 사고의 패턴에서 용감하게 벗어나지 못했을 것이다. 또한 쉰 살 이후의 내 인생을 어떻게 살지에 대해서도 새롭게 고민하지 못했을 것이다.

지난날 나는 운 좋게도 스티브 잡스와 빌 게이츠 등 세계를 선도한 사람들 곁에서 성장할 수 있었다. 또한 PC시대를 겪으며 애플과 마이크로소프트 등 일류 글로벌 기업에서 스스로를 단련시킬 수 있었고, 인터넷 시대에는 구글 같은 인터넷 기업에서 트렌드를 선도할 수 있었다. 뿐만 아니라 미국의 실리콘밸리와 중국의 IT기업 단지인 중관춘(中關村)이 부흥할 때 창의력 넘치는 작업에 참여할 수 있었다.

이렇듯 나는 많은 사람이 꿈에 그리는 직장 경력을 모두 거머쥐었다. 덕분에 비교적 큰 경제력과 명성을 얻었고, 이를 바탕으로 젊은이들을 돕는 사업도 펼칠 수 있었다.

하지만 이런 것들이 정말 내가 바라던 성공일까?

나는 투병을 하며 그간 단 한 번도 겪어본 적 없는 시련을 겪었다. 하지만 항암화학요법의 부작용으로 비롯된 고통보다 더 힘들었던 것은 그동안 나를 지켜온 수많은 신념과 가치관에 동요가 생겼다는 사실이었다. 나는 진지하게 자문했다.

'도대체 왜 사는 것인가?'

자유를 누린다는 것

치료 과정이 끝난 뒤 모든 상황이 서서히 안정을 찾아갔다. 비로소 나는 지난날의 영광을 내려놓고 온전히 한 사람이 되었다. 체면과 이미지를 버리니 오히려 예전에 잃어버린 자유를 다시 누리게 됐고 진실한 나 자신에게 한 발짝 더 다가갈 수 있었다.

2014년 말, 큰딸 더닝이 미국에서 돌아오고 작은딸 더팅도 방학을 해 우리 네 식구는 많은 시간을 함께 보낼 수 있었다. 어느 주말에는 온 가족이 함께 미술관에 가 조각상들을 구경하며 누가 더 비슷하게 흉내 낼 수 있는지 내기를 했다. 그러고 있으려니 아주 오래

전 온 식구가 라스베이거스 밀랍인형관에 들러 인형들을 흉내 냈던 일이 떠올랐다.

관람을 마치고 집으로 돌아오는 길에 사람들로 북적이는 야시장에 들러 저녁을 먹었다. 딸들은 휴대전화를 꺼내들고 장난스러운 표정으로 셀카를 찍었다. 나도 질세라 아이들 사이에 끼어들어 우스꽝스러운 얼굴로 폼을 잡았는데, 더닝이 갑자기 심각한 표정으로 말했다.

"아빠, 사람 많은 곳에서 그런 표정을 지으면 어떻게 해?"

"누가 날 알아보겠어? 알아보면 또 어때?"

나는 더닝이 무엇을 염려하는지 잘 알고 있었다.

1998년 여름, 중국으로 돌아와 마이크로소프트 중국연구소를 세우면서 중국 학생들과 자주 접촉하게 됐다. 그러다 2009년 9월부터는 구글 차이나의 각종 업무를 책임지게 되면서 본격적으로 강연을 시작했다. 강연을 할 때마다 수천 명, 때로는 만 명 이상의 학생이 모였다. 나중에 웨이보에 고정적으로 글을 올리기 시작하자 팔로어의 수가 5,000만 명에 이르렀다.

그 때문에 나는 중국 어디에 있든 종종 눈썰미 있는 사람들에게 정체가 들통 나곤 했다. 그럴 때마다 사람들은 함께 사진을 찍자고 하거나 사인을 부탁했다. 어쩌다 가끔은 괜찮았지만 갈수록 그런 요구가 늘어 결국에는 가족들조차 나와 외출하는 것을 꺼리게 됐다. 어딜 가든 사람들이 알아보는 통에 마음대로 행동할 수 없었기 때문이다.

하지만 대만에 돌아온 뒤부터 그런 불편은 거의 겪지 않게 되었다. 대만에서는 TV에 출연한 적이 거의 없어 나를 알아보는 이가 드물었기 때문이다. 처음에는 그 사실이 조금 쓸쓸하기도 했지만 저승문 앞에서 돌아온 뒤로 그런 기분이 말끔히 사라졌다. 그래서 어느 날 저녁에는 편한 운동복 차림으로 젊은이들 틈에 끼어 야시장 골목을 누비기도 했다. 그렇게 홀가분한 마음으로 노점에서 음식을 먹고 특색 있는 조그만 가게를 오가려니 문득 그런 생각이 들었다. '자유란 이런 것이구나.'

누가 나를 알아볼까 전혀 신경 쓰지 않게 된 뒤로 책 몇 권을 들고 커피숍을 찾기도 했다. 몸을 추스르던 지난 1년 동안 나는 업무와 관련 없는 수많은 책을 읽었다. 건강과 관련한 책은 물론이고 철학이나 영성(靈性)과 관련된 책도 적지 않게 읽었다. 많은 지식과 정보를 갖고 있다고 자부하는 나였지만, 그 많은 책을 읽으며 세상을 다시 알게 된 기분이었다.

이렇게 책을 많이 읽다 보니 뜻밖에도 타이베이에 아직 헌책방이 남아 있다는 사실을 알게 됐다. 요양하는 동안 거의 매주 헌책방을 들렀는데 그곳에 갈 때마다 마치 학창시절로 돌아간 것 같은 기분이었다. 그곳에서 나는 보석 같은 책들을 찾아 읽으며 영혼을 키울 영양분을 섭취했고 머리를 깨웠으며 오로지 혼자만의 자유를 누렸다. 그 자유가 얼마나 좋던지 내가 참여한 디지털 혁명 때문에 이런 헌책방이 영영 사라지면 어쩌나 하는 걱정이 들기도 했다.

또 나는 대만에 머물면서 자주 여행을 다녔다. 아침에 눈을 떠서 가고 싶은 곳이 생각나면 그 길로 집을 나서기도 했다. 그것은 내가 한 번도 못해본 일이었다. 예전에는 바쁜 업무 때문에 여행이라도 한번 가려면 세심하게 모든 계획을 짜고 일 분 일 초를 어떻게 쓸지 계산해야 했다. 하지만 그런 여행의 결과는 늘 기대와 정반대였다. 머릿속에 들어찬 일 걱정 때문에 조금도 여유로운 기분을 느낄 수 없었고, 사람들 속에 있어도 외롭기만 했을 뿐 잠깐의 자유도 누리지 못했다.

바뀐 생활이 내게 가져다 준 깨달음 중 가장 큰 것은 자유의 의미였다. 일 때문에 자유롭지 못하다는 건 사실 핑계에 지나지 않았다. 마음의 감옥에 스스로를 가두고 있었으니, 무엇을 하든 자유로울 리 없었다. 자유란 사실 내 마음 안에 있다는 걸, 내가 찾으려고 마음먹으면 얼마든지 누릴 수 있다는 것을 비로소 알게 된 것이다.

자기 자신에게 진실하라

아내와 두 딸과 지내는 동안 나는 마음의 자유를 온전히 누렸고,

그것이 평범한 삶 안에서 가능하다는 걸 배웠다. 사실 내 가족은 내가 얼마나 남다른 사람인지 누구보다 잘 알고 있었다. 하지만 그 사실에 전혀 영향을 받지 않았다. 즉, 가장인 내가 어떤 사람인지는 자신들의 삶에 전혀 중요한 게 아니었다. 내 이름으로 어쩌면 혜택을 받을 수도 있었을 텐데, 그런 데엔 무관심했다.

이를테면 큰딸 더닝은 대학생이 될 때까지도 내가 아빠란 사실을 친구들에게 알리지 않았다. 심지어 어릴 적 국어 수업 중에 선생님이 읽기 자료로 '리카이푸가 딸에게 쓴 편지'란 글을 줬지만 아무런 티를 내지 않았다. 선생님은 "리카이푸가 누군지 아니?"라고 물으며 딸을 지목했고, 더닝은 자리에서 일어나 말했다.

"알아요. 애플, 마이크로소프트, 구글에서 일하셨잖아요."

그러자 선생님은 "아니, 리카이푸 선생은 애플에서 일한 적이 없단다"라고 말했다. 딸은 고개를 갸웃거리다 더는 이야기하지 않고 고개를 끄덕이며 자리에 앉아버렸다.

의상 디자인을 배운 더닝은 내가 수많은 인맥으로 자신을 도와줄 수 있다는 걸 잘 알고 있다. 하지만 아이는 정상급 디자이너가 되는 일에는 조금도 관심이 없다. 작은딸 더팅은 사진 촬영을 좋아하며, 세상 곳곳에 존재하는 아름다움을 사람들과 나누고 싶어 한다. 그 아이 역시 전문 사진작가가 얼마나 고되고 가난한 직업인지 잘 알지만 용감하게 자신의 길을 가고 있다. 아내 셴링도 마찬가지라 명품 따위는 좋아하지도 않고 화려한 사교모임에도 관심이 없다. 또한 괜스레 떠벌리는 것을 싫어해서 그녀의 친구 중에는 내가 뭘 하는 사람인지조차 모르는 사람도 많다. 세 사람 모두 내게 특별한 무언가를 원하지 않는다. 다만 그녀들이 내게 바라는 건 '진실한 자신이 되라'는 것뿐이다.

딸아이가 내게 진지하게 말한 적이 있다.

"아빠, 내 생각에 인생에서 가장 아쉬운 건 어떤 잘못을 한 게 아니라 정말 하고 싶었던 일을 못 해보는 것 같아."

딸아이의 말이 내 마음을 흔들었다. 무엇이 우리의 꿈을 앗아갔는가. 어린 시절 우리는 무슨 일을 해야 가장 신이 나는지 잘 알고 있었다. 그때 마음속에 품은 꿈은 진실하고 생생했다. 하지만 안타깝게도 자라는 동안 꿈이 있어야 할 자리에 세속적인 가치관이 자리 잡게 된다. 어떤 부모는 아이에게 은연중에 '이건 좋은 직업이고 저건 나쁜 직업이야'라고 강요하기도 한다. 생긴 것도 좋아하는 것도 다 다른데 어떻게 정해진 기준에 따라 꿈을 강요할 수 있을까.

모든 사람의 마음속에는 아주 특별한 자신이 살고 있다. 이 자신은 당신이 무엇을 원하는지 잘 알고 있다. 어쩌면 당신은 자신만의 인생을 통해 모두에게 인생이 얼마나 아름다운지 보여주고 싶을지 모른다. 어쩌면 당신은 가족을 더 행복하게 해주고 싶을 수도 있고, 가치 있는 회사를 만들고 싶을 수도 있다.

마음속 진실한 소리를 듣는 건 매우 중요한 일이다. 사람들은 저마다 바라는 것이 다르기 때문이다.

내 인생을 되돌아볼 때 조금 걱정되는 건 바로 젊은이들이다. 오늘날의 사회는 가치관이 지나치게 획일적이라 자칫 젊은이들이 대중매체에서 떠드는 성공이나 물질에 현혹되고 헛된 박수소리에 집착하다 정작 자신이 가야 할 길을 놓칠 수 있기 때문이다. 그들에게 꼭 해주고 싶은 말은 '나를 위한 인생을 살고, 내 마음속 특별한 꿈을 실천하라'는 것이다. 스스로 뭘 해야 할지 알지 못한다면 평생을 써서라도 찾아야 한다. 또한 하고 싶은 일을 찾았다면 아무것도 돌아보지 말고 그곳을 향해 계속 걸어 나가야 한다.

자신만의 가치를 창조하라

언젠가 한 대학 강연에서 이런 말을 한 적이 있다.

"부지런한 농부는 자신의 일생에서 좋은 밭을 남길 수 있습니다. 그는 평범하고 새로울 것 없는 날들을 보냈지만 기름진 땅을 일궜겠죠. 좋은 선생님은 학생들을 사랑하며 사느라 세상에 이름을 알리지는 못했지만 아이들의 귀감이 됐을 수 있습니다. 이 세상의 모든 가치 있는 일들은 묵묵히 자신이 맡은 책임을 다하는 소시민들의 희생으로 이뤄진 것입니다.

교사가 학생을 돕든 의사나 간호사가 환자를 돕든 환경미화원이 거리를 깨끗하게 만들든 모두 공헌이지요. 한 사람의 생명을 구했든 누군가의 얼굴에 미소를 찾아줬든 모두 누군가에게 도움을 준 것이고, 그것은 제각각의 가치가 있습니다."

삶의 끝자락까지 내몰렸을 때 나는 스스로에게 묻고 또 물었다. '나를 둘러싸고 있는 명성, 세속적인 성취, 빛나는 영광을 벗어버리고 나만의 가치를 찾을 수 있을까? 과연 나는 나 자신으로부터 인정받을 수 있을까?'

일본의 세계적 감독 구로사와 아키라의 〈살다〉라는 영화를 보면 와타나베란 이름의 별 볼일 없는 공무원이 나온다. 그는 매일 같이 도장을 찍고 서류에 사인을 하며 무료하기 짝이 없는 삶을 살고 있다. 자신이 위암에 걸려 남은 삶이 6개월뿐이란 사실을 알고서야 그는 '나는 도대체 왜 살고 있는 걸까?'라는 고민을 하기 시작한다. 그러던 중 산처럼 쌓여 있는 공문서 속에서 어느 지역 아줌마들이 단체로 넣은 민원서류를 발견하게 된다. 무능한 정부 부처들이 서로 미룬 탓에 악취가 나는 하수구를 공원으로 만들어 달라는 그들의 요청이 해결되지 않고 있었다. 와타나베는 남은 삶을 바쳐 이 일을 하기로 마음먹는다. 그리고 우여곡절 끝에 결국 일을 완성해낸 뒤, 한밤중에 눈이 쌓인 공원에서 즐겁게 노래를 부르다 아무런 두려움 없이 죽음을 맞이한다.

영화를 본 사람들은 그의 진실한 삶에 감동을 받지만, 내게 가장 인상 깊었던 건 마지막까지 자신의 일에 헌신한 그에게 감동하면서도 여전히 책임을 회피하는 관료들의 모습이다. 다시 말해 그는 진정으로 세상을 바꾸지 못했으며 완고한 세상은 본래의 규율대로 돌아간다.

나는 종종 '바꿀 수 없는 일은 가슴으로 받아들이고, 바꿀 수 있는 일은 용기 있게 바꾸자'라고 스스로를 일깨운다. 와타나베의 경우 죽음이 그에게 용기를 줬고 자신의 자리에서 바꿀 수 있는 것을 바꾸도록 격려해줬다. 하지만 관료체제나 사회 분위기는 그가 바꿀 수 있는 것이 아니었다.

그러나 현실이 그렇다고 해도 우리는 제한된 범위 안에서라도 자신의 가치를 창조해야 한다. 아무리 작은 공헌이라도 천천히 쌓이다 보면 결코 무시할 수 없는 힘이 되기 때문이다.

나는 때로 인생이 게임 같다는 생각을 한다. 인생의 마지막 평가는 당신이 얼마나 자신을 위해 가장 멋진 게임을 했느냐에 따라 달라질 것이다.

좋은 인연이 있어
우리 삶이 반짝인다

림프종에 걸리고 처음 치료를 받을 때는 이제 곧 인생이 끝날 것이라 생각했는데 뜻밖에도 여러 우여곡절을 겪으며 적지 않은 시간을 더 살 수 있게 됐다. 죽음의 문턱에서 돌아온 뒤 가장 큰 변화가 있다면 사람을 보는 각도와 마음 자세다.

그래서인지 최근 마음속에 자주 떠오르는 장면이 있다. 암에 걸리기 전 어느 날, 회사 직원들에 둘러싸여 구름 떼같이 모여든 인파를 뚫고 차 안에 들어간 뒤 간신히 문을 잠갔다. 차가 천천히 움직이려 하는데 갑자기 한 젊은이가 사람들 틈에서 튀어나와 안간힘을 다해 쫓아왔다. 손에 뭔가를 들고 있던 젊은이는 차창을 두들기며 내게 무슨 말인가를 하려고 했다. 당시 운전기사가 차를 세워야 하냐고 물었지만 나는 단호하게 말했다.

"그럴 필요 없네."

나는 이미 그의 모습을 거의 잊어버렸다고 생각했다. 그런데 요즘 들어 그에게 정말로 미안했다는 생각이 든다. 아마도 그는 없는 형편에도 내게 어울릴 만한 선물을 마련했을 것이다. 변변찮은 내 책 한 권 혹은 내 말 한마디에 감동한 그는 나를 우상처럼 생각했을지도 모른다. 하지만 나는 무참하게 그를 무시해버렸다.

어쩌면 내 행동이 그에게 꼭 나쁘지만은 않았을 수도 있다. 젊은 시절 지나치게 무언가에 빠지면 언젠가는 그 환상이 깨지고 만다. 하지만 쌩하니 사라지는 내 모습을 보며 그는 일찌감치 헛된 꿈에서 깨어났을 수도 있다. 사실 우상을 좇기보다 내면에 집중해 자신만의 특별한 재능을 개발하는 것이 개인에게는 더 나은 일이다. 하지만 그에게 미안한 마음이 드는 건 어쩔 수 없다.

당시 나는 머릿속에 온통 나에 대한 생각만으로 가득했다. 어떻게 하면 가장 짧은 시간 안에 가장 많은 일을 할 수 있을까를 계산하고 목표만 보며 전진하느라, 계획 이외의 우연한 인연에는 철저히 문을 걸어 잠갔다.

하지만 지금은 사람들에게 소홀하고 태만했던 내 모습이 부끄럽다. 만약 당시 내가 눈빛으로나마 그에게 감사와 축복을 보냈더라면 설혹 차를 세우지 않았다 해도 내가 지금 느끼는 기분은 확연히 달랐을 것이다.

'모든 만남은 오랜만의 재회다'라는 말도 있지 않던가. 하지만 인연을 소중히 여길 줄 몰랐던 나는 뒤늦게야 잘못을 깨달았고 그에게 미안하다는 말을 건넬 기회를 놓치고 말았다.

인연이 있는 사람을 기꺼이 도와라

이제 나는 두 번 다시 그런 실수를 하지 않으려고 한다. 그래서 순수하고 날카로운 젊은이들의 질문을 받을 때마다 가능한 한 시간을 내, 내 관점과 충고를 자세히 전하려고 노력한다. 물론 모든 질문에 완벽한 대답을 해줄 수 있는 것도 아니고, 한 번 해준 대답이 영원한 해결법이 되지 않는다는 것도 잘 알고 있다. 하지만 그들이 지고 있는 고민과 걱정을 함께 나누어 질 수만 있다면 그것만으로도 의미가 있지 않을까.

얼마 전 카네기멜론대학에서 강연을 한 뒤 한 신입생으로부터 편지를 받았다. 그녀는 열세 살 때 내 책을 읽고 내면의 소리를 따라 미국으로 가 공부를 하기로 마음먹었다고 했다. 그 뒤 부모님이 마련해놓은 편안한 울타리를 벗어나 일찍부터 험난한 도전을 계속한 끝에 미국 고등학교에 입학했다. 그곳에서 겪은 인종 차별이나 학교 폭력도 그녀의 뜻을 꺾을 수는 없었다. 그녀는 자신을 채찍질한 끝에 뉴욕대학과 카네기멜론대학의 입학 허가를 받을 수 있었다. 그녀는 편지에 다음과 같이 썼다.

선생님을 뵐 수 있을 거라고는 꿈에도 생각해본 적이 없는데 이렇게 얼굴을 직접 뵙고 편지도 전할 수 있게 되었네요. 지난 6년 동안 선생님은 제게 나아가야 할 길을 알려주는 안내자였고 인생의 롤 모델이었습니다.

선생님의 말씀은 제가 가치관을 정립하는 데 기초가 됐습니다. 이렇게 감사의 말씀을 드리는 것은 선생님의 책이 제 인생을 바꿨고 수많은 가능성을 열어줬기 때문입니다.

어제 한 학생의 질문에 대답하실 때 가정과 일의 균형에 대해 말씀해주셨죠. 평생 이익에만 목을 맨 성공을 좇으면 결국 많은 실수를 하게 될 거라고도 하셨고요. 선생님의 말씀에 부모님께 소홀했던 저를 되돌아보며 인생의 균형을 어떻게 맞춰야 할지 고민하게 됐습니다. 저는 제 꿈을 지키며 언젠가 뛰어난 기업가가 되고, 거기서 더 능력을 키워 자선가와 교육가도 되고 싶습니다. 덕분에 더 크고 넓은 세계를 볼 수 있게 됐습니다. 정말 감사합니다.

좋은 인연을 맺은 만큼 후일 그녀가 여름방학 동안 중국에 돌아와 인턴을 할 거란 소식을 듣고 인턴으로 일할 수 있는 기회를 줬다.

순수한 희생은 순수한 즐거움을 안겨준다

아프고 난 뒤 나는 우리 삶에 과학으로 절대 설명할 수 없는 것들이 많다고 느낀다. 특히 인연이 그렇다. 그래서 나는 나 자신에게 모든 사람, 모든 만남을 소중히 여겨야 한다고 일깨우곤 한다. 그래서인지 본래 전혀 알지 못했지만 인연이 생겨 만나게 된 낯선 이들이 소중하고 감사하다. 요즘은 SNS에서 내게 연락을 해온 이들에게 상황이 허락하는 한 답장을 보내고 있으며 때로 직접 만나 상세한 이야기를 나눈다. 그러다 마음이 맞으면 함께 노력할 만한 일이 없나 찾아보기도 한다.

대만에서 지내는 동안 나는 건강과 시간이 허락하는 선에서 조용히 여러 공공부문과 작은 민간단체들의 모임에 참여해 100여 명이 넘는 친구를 만났다.

당시 대만의 공기업과 민간단체에서는 대만의 혁신기업을 국제무대에 내보내는 일을 추진하고 있었다. 나는 이 일에 사심 없이 동참했고, 오랜 친구들의 도움으로 아이디어가 뛰어난 젊은 친구들을 많이 알게 되었다. 나는 그들의 이야기를 듣고 구체적인 개선 방향을 제시했으며 그와 관련한 일을 하는 다른 친구들을 소개해줬다.

이 일에 동참한 한 친구는 내가 전과 달리 시간이나 원가를 따지지 않고 공익을 위한 일에 적극적으로 나서는 걸 보고 우스갯소리처럼 말했다.

"약속만 하면 쪼르르 오지 않나, 오라면 오고 가라면 가지 않나. 그러다 몸값 떨어질까 걱정도 안 돼?"

하지만 나는 진실하면서도 소박한 이런 관계를 기꺼이 즐겼다. 서로 교류할 때는 다른 생각은 일절 없이 내 관심을 표현했다. 하지만 인연이 끝나면 서로 그 인연을 소중히 여기되 크게 연연하지 않았다.

당시 했던 일 중에 가장 특별했던 건 일반인을 대상으로 꿈을 모집했던 일이다. 먼저 인터넷을 통해 비즈니스에 조언을 해줄 수 있는 면담 기회가 있다고 공개적으로 홍보했다. 다만 조언을 해줄 초대 손님이 나란 사실은 알리지 않았다.

이는 매우 흥미로운 변화로 당시 나는 예전처럼 엘리트 그룹이나 대기업 혹은 투자가 필요한 회사 대표 중에 누구를 고를지 고민하지 않았다. 대신 이전에 전혀 본 적이 없는 새로운 친구들이 온라인으로 보내온 사업소개서를 보고, 제목과 내용만으로 만날 사람들을 선택했다. 그리고 그들의 꿈을 어떻게 현실로 만들지에 대해 구체적으로 이야기를 나눴다. 목적 없이 순수하게 베풀고 나누는 일이 얼마나 즐거운가를 몸으로 체험한 순간이었다.

새로운 경지로 나아가다

같은 소포성 림프종을 앓아서였을까? 닐과 나는 생면부지의 사이였지만 그가 내 페이스북에 암에 걸린 사연을 남긴 후 우리는 자연스럽게 항암수기를 나누는 사이가 됐다.

이렇게 직접 편지를 쓰는 걸 이해해주십시오. 저는 서른일곱 살이고 올해 8월 소포성 림프종이란 진단을 받았습니다. 처음에 목에 작은 결절이 생겼지만 크게 신경을 안 쓰다 가족들의 성화에 병원에 가보니 소포성 림프종이더군요. 정말 눈앞이 캄캄했습니다. 이제 곧 둘째 아이도 생길 텐데 암이라니. 첫 번째 항암화학요법을 받을 때만 해도 잘할 수 있을 거란 자신이 있었는데 여섯 번째 항암화학요법을 받고 나니 알 수 없는 두려움이 생겼습니다. 전 아직 이렇게 젊은데 도무지 헤어 나올 수 없는 늪에 빠진 기분입니다.

_닐

나와 닐은 아프면서 느낀 점을 수백 통의 메일로 주고받았다. 나는 여러 암 치료에 성공한 예를 들며 그에게 힘을 주려 애썼고 긍정적으로 생각하라고 격려했다. 항암화학요법이 후반전으로 접어든 몇 개월 동안 나는 그에게 말했다.

"요즘은 면역치료가 무척 빠르게 발전하고 있다네. 우리는 암세포와 달리기 시합을 하고 있는 거야. 결국 우리가 이기게 되겠지. 마음을 편하게 가지게. 이 시간이 지나고 나면 우린 금세 정상인이 될 거야!"

그가 치료를 마치고 순조롭게 직장으로 돌아간 뒤 나는 스트레스를 풀 수 있는 다섯 가지 비결을 그에게 보내줬다. 그 비결은 다음과 같은데 특히 다섯 번째 비결에 주목해야 한다.

첫째, 스스로 병이 없다고 생각하고 그에 부합하는 결과가 나오면 있는 그대로 믿어라.

둘째, 반드시 해야 할 일만 하고 나머지는 거절하라.

셋째, 좋은 친구를 많이 사귀어 긍정적인 에너지를 보충하라.

넷째, 머리가 복잡할 때는 잠을 자라.

다섯째, 안 좋은 일을 겪게 되면 '암에 비하면 이건 아무것도 아냐'라고 생각하라.

한번은 한 친구가 내게 말했다.

"어떤 사람들은 자네가 좀 차갑다고 하더군."

나는 잠시 멍해졌다 물었다.

"내가 어때서?"

그는 내게 이렇게 말해줬다.

"자네는 항상 이기는 편에 있었으니 아무리 겸손하게 행동을 해도 남들 보기에는 거리감이 있을 수 있지. 하지만 지금 자네는 정상에서 평범한 세상으로 내려왔잖아. 몸이 아프면서 엄청난 변화를 겪었고 덕분에 이기는 게 습관이던 자네가 인생을 다시 생각하게 됐으니 앞으로는 더 성숙해질 수 있을 걸세."

확실히 나는 내 자신을 활짝 열었고 사방에서 생겨나는 인연들을 자유롭게 받아들이고 있다. 요즘은 마음도 맞지 않는 대기업 사장들과 식사를 하느니 낯선 젊은이들과 만나 경험을 나누는 일이 훨씬 즐겁다.

어떤 이는 돈도 안 되는 일에 기꺼이 시간을 투자하는 내 모습을 이해하지 못하겠다고 한다. 하지만 나는 이제 무언가를 따지지 않고 희생할 때 사람들과 가장 진실한 정을 나눌 수 있음을 분명히 알고 있다.

아쉬움이 남지 않는
인생을 산다는 것

2015년 춘절 전날 밤, 비행기가 베이징 서우두국제공항에 도착한 그 순간 외쳤다.

"돌아왔어! 내가 정말 돌아왔다고!"

무려 17개월 만에 생사의 고비를 넘어 이렇게 돌아온 것이다. 업무에 복귀해도 될지 의사와 정확히 이야기하지는 않았지만 여러 염려를 배제하고 나는 다시 내 일터인 창신공장에 돌아오기로 결심했다. 이제 겨우 베이징에 도착했을 뿐인데 마치 고향에 돌아온 것처럼 설렜다. 그렇게 오래 떠나 있었는데도 이곳의 땅을 밟는 순간 내 몸과 여기의 모든 것이 하나가 되는 기분을 느꼈다. 한동안 떠나 있었지만 나는 이미 베이징의 공기에 익숙해졌다는 걸 비로소 알게 되었다. 내가 베이징에 돌아와 얼마나 기쁜지는 아내 셴링이 가장 먼저 알아차렸다. 내가 SNS에 동료들과 찍은 사진을 올리자 아내 셴링은 그 안의 환한 내 미소를 보며 다시 일하러 가니까 즐겁냐고 물으며 말했다. "그럼 이제 베이징에 자주 가도록 해요. 하지만 몸 상태를 생각해야 하니 절대 전처럼 일해선 안 돼요."

아내가 무슨 말을 하고 있는지는 잘 알고 있었다. 본업으로 돌아온 만큼 본격적인 변화는 지금부터가 중요했다.

인생의 세 가지 균형 잡기

예전에 누군가 내게 언제쯤 은퇴를 준비할 거냐고 물었는데 당시 나는 이렇게 답했다.

나는 은퇴를 할 계획이 없다. 내 인생은 크게 세 가지 일로 나뉘는데 첫 번째가 일이고, 두 번째가 공익활동이며, 세 번째가 가족과 친구, 휴식이다. 나이가 듦에 따라 이 세 가지 일의 비율도 달라진다. 다음의 그림이 내가 생각한 세 가지 일의 분배율인데 이는 사람마다 달라질 수 있지만 경향은 비슷할 것이다.

나는 세 가지 일 중에 어느 것도 0이 될 수 없다고 생각하는데 그 이유는 다음과 같다. 첫째, 일이 0이 되면 두뇌가 퇴화되고 사회적인 발언권, 심지어 공익의 영향력도 떨어질 수 있다 둘째, 공익활동이 0이 되면 지나치게 물질과 명예에 집착하고 자신만 위하게 돼

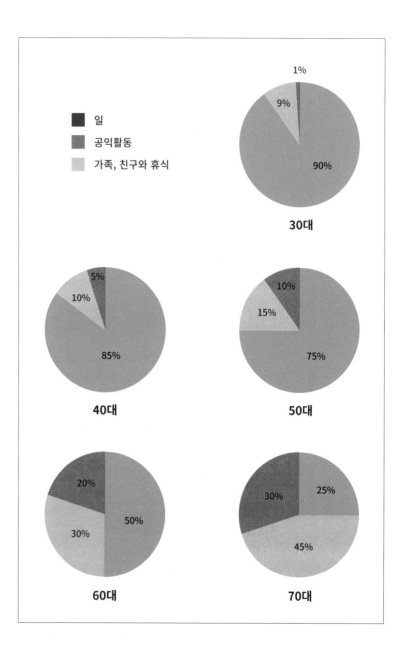

일
공익활동
가족, 친구와 휴식

1%
9%
90%
30대

5%
10%
85%
40대

10%
15%
75%
50대

20%
50%
30%
60대

25%
30%
45%
70대

사회에 대한 책임감이 없어진다. 셋째, 가족과 친구, 휴식이 0이 되면 사람 사이의 친밀감이 줄어들며 삶의 윤택함과 조절능력이 결여돼 기계와 다름없게 된다.

나는 지금 내 일터에서 이 세 가지의 균형을 잘 조절해가고 있다. 죽을 고비를 넘겼지만 나는 여전히 내 일을 사랑하며, 아프다고 은퇴하고 싶은 마음이 조금도 없다.

창신공장을 창립한 이래 우리의 핵심 가치는 바로 진심으로 창업자를 돕는 데 있다. '빠르게 부를 축적하기'와 '창업자를 돕기' 사이에 충돌이 일어난다면 우리는 단호히 '창업자를 돕기'를 선택한다.

내가 가장 경계하는 건 그저 돈을 많이 벌기 위한 사업으로만 이 일을 간주하지 않는 것이다. 대신 내 일을 사람들의 성장을 돕는 도구로 삼는 것을 원칙으로 한다. 또한 내 의뢰인은 능력뿐만 아니라 그 인품이나 가치관도 충분히 존중받을 수 있어야 한다. 이런 가치관 덕분에 창신공장에 능력 있는 인재들이 계속 모여들고 있다.

회사를 떠나 있던 17개월 동안 창신공장에는 자연스럽게 영웅이 사라졌다. 그 대신 직원들이 저마다 더 많은 힘을 보태는 작업 방식이 자리를 잡았다. 전체적인 업무 환경에 커다란 변화가 있었고 창업의 물결이 거세게 밀어닥쳐 내가 있던 2년 전과는 상황이 많이 달라졌다. 하지만 회사 사람들은 묵묵히 각자의 책임을 지고 스스로 알아서 결정을 내렸으며 가능한 한 내 치료를 방해하지 않으려고 노력했다. 그런데 내 대신 그들이 내린 결정은 모두 훌륭했고 우리가 투자한 회사들로부터 더 많은 수익으로 보답 받을 수 있었다.

그래서 나는 회사에 복귀해 가장 먼저 내가 가진 권한을 지속적으로 직원들에게 나눠주기로 결정했다. 회사의 실무 운영을 직원들과 동등하게 나눠 각각 책임을 지게 하려고 한다.

물론 업무 시간이 줄어드는 만큼 내가 보유한 주식도 줄어들겠지만 그만큼 탁월한 업무 능력을 보여준 회사 동료들에게 격려의 뜻으로 보상할 생각이다. 그것이 회사의 성장에 오히려 큰 도움이 될 것을 의심하지 않는다.

진정으로 효율적인 시간 관리

이제 내 인생은 다른 단계로 들어섰다. 예전의 나는 일이 1등, 사업이 1등이었지만 지금은 가족이 1등, 건강이 1등이다. 앞서 말한 것처럼 인생이 다른 단계에 들어서자 인생에서 져야 할 책임의 비율도 자연스럽게 변했다. 어쩌면 하느님께 감사해야 할까? 인생의 중반에 암에 걸렸기에 중심을 조정할 수 있었고 일하는 시간을 줄일 수 있었다(내 계획보다 몇 년 이르기는 했지만 말이다).

나는 인생의 선택이란 사실 시간을 어떻게 나눠 쓸 것인지를 관리하는 일이라 생각한다. 늘 입버릇처럼 하는 말이지만 인생의 주요한 재산은 두 가지인데, 바로 재능과 시간이다. 우리는 일생 동안 재능과 시간을 맞바꾼다. 재능이 많아질수록 시간은 줄어들게 마련이다. 만약 하루가 지나 시간이 줄었는데도 재능이 조금도 늘지 않았다면 시간을 헛되이 흘려보낸 것이다. 그러므로 시간을 아끼려면 효율적으로 시간을 운용해야 한다.

그러나 그것이 시간의 노예가 되란 말은 아니다. 모든 일은 '중요한' 일과 '급한' 일로 나눌 수 있다. 예를 들어 '내일 시험을 준비하는 일'은 급한 일이고, '자신의 적극성을 키우는 일'은 중요한 일이다. 사람은 습관적으로 가장 급한 일을 먼저 하게 되어 있는데 그 때문에 중요한 일은 오히려 소홀하기 십상이다. 그런데 대부분 급한 일은 그리 중요한 일이 아니고, 여러 중요한 일은 급하지 않게 마련이다.

그러므로 우리는 모든 시간을 급하게 보이는 일에 쓸 것이 아니라, 진정으로 중요한 일을 위해 어느 정도 남겨 놓아야 한다. 지식의 기초를 다지거나 사람 됨됨이를 갖추는 등의 일이 바로 그런 중요한 일이다. 시간을 잘 관리할 수 있는 좋은 방법 중 하나는 아침에 일어나 오늘 해야 할 급한 일과 중요한 일을 구분하고, 잠들기 전에 두 일의 균형을 잘 맞췄는지 되돌아보는 것이다.

자신이 하는 일을 위해 전력투구해야 하는 젊은 친구들에게 조언하건대 내 경험에 따르면 성공과 흥미는 직접적인 관계가 있다. 이를테면 흥미가 없는 일과 마주했을 때 20퍼센트의 효과가 있다면 흥미가 있는 일과 마주했을 때는 200퍼센트의 효과가 생긴다. 흥미로 부팅한 일은 당신에게 일에 대한 갈망과 의지, 집중력, 자신감, 긍정적 태도를 불러일으키며 성공에 한 발짝 더 다가가게 한다.

하지만 지금까지 인생을 살아오면서 내가 가장 하고 싶은 충고는 일을 하면서 어떤 성취를 추구하든 건강을 소홀히 해서는 안 된다는 것이다. 진정으로 자신의 일에 몰두하며 삶의 가치를 창조하려면 어떠한 태도와 갈망, 의지가 필요하지만 모든 시간을 거기에만 쏟아 부어선 안 된다.

내 경험을 새겨들은 한 친구는 자신의 가슴속 열정을 좇아 적극적으로 꿈을 이루려고 노력한 끝에 원하는 성공을 이뤘다고 한다. 내가 사람들에게 전한 자극과 격려로 이런 좋은 결과를 얻었다는 소식을 듣게 되면 참으로 기쁘기 그지없다.

하지만 그렇다고 지나치게 한쪽으로만 치우쳐서는 안 된다. 높은 효율과 성과만 좇아 가족과 책임, 건강을 못 본 체한다면 그것은 내가 바라는 본래의 뜻이 아니다. 나는 결코 사람들이 기계나 다름없이 되기를 바라지 않는다. 특히 건강에 대해서는 기본적인 노력을 기울여야 하며 음식이나 운동, 수면과 스트레스에 있어 적당한 균형을 유지해야 한다.

시간에는 배타성이 있어서 어떤 일에 집중하면 가족과 함께하는 시간은 반드시 압박을 받게 되어 있다. 그러므로 일에 집중하려면 가족과 보내는 시간은 짧더라도 효율을 극대화할 수 있게 노력해야 한다. 그래서 나는 다음과 같은 원칙을 지켜 집에서 시간을 보낸다.

첫째, 약속은 지키되 안 되는 일에는 분명한 선긋기 – 가족에게 한 약속은 반드시 지키되 다른 시간은 이해를 구해 기대감을 낮추고 괜한 실망을 하지 않게 해야 한다.

둘째, 바쁜 중에도 휴식 취하기 – 일이 바쁘다고 가족을 소홀히 하지 말고 10분의 시간이라도 최선을 다하면 10시간보다 쓸모가 있다.

셋째, 영리하게 일하기 – 시간을 어떻게 쪼개 써야 하는지 알아야 한다. 이를테면 가족들이 일어나지 않은 시간에 해야 할 일을 하는 방법도 있다.

넷째, 소중한 시간에 집중하기 – 가족들이 당신을 위해 얼마나 희생하는지 기억하고 휴가나 주말에는 모두에게 보상을 해줘야 한다. 단순히 고개나 끄덕거리며 대충하는 척하는 것이 아니라 온 신경을 집중해 가족과 소중한 시간을 보내야 한다.

예전에 나는 아내와 영상통화를 할 때 그녀와 대화를 나누면서도 책상에 있는 휴대전화로 메일을 보냈다. 아내는 내가 자신에게 집중하고 있지 않다는 사실을 금세 눈치챘다. 하지만 아내는 참아주는 편이었다.

아이들은 더 민감해 부모가 집중을 하지 않으면 더 깊은 영향을 받게 되어 있다. 아이들은 빠르게 성장하며 결코 부모를 기다려주지 않는다. 이는 달리 보상할 방법이 없으므로 어떻게 해서든 아이와 완벽한 시간을 보내도록 노력해야 한다.

예전에 딸아이는 내게 일이 1등이라며 자신들과 시간을 보낼 때 진심이 없다고 불평하곤 했다. 하지만 지금의 나는 '진심'과 '집중'을 다할 뿐만 아니라 아이들을 최우선으로 하려고 애쓴다. 예를 들어 큰딸이 있는 뉴욕에 출장을 가서 중요한 투자자를 만날 일이 있어도 딸과 먼저 만나 밥을 먹고 남은 시간에 업무를 보려고 스케줄을 조정한다.

진정한 자아실현을 위한 초심 찾기

사실 나는 예전에 쓴《최고의 자신이 되라》《당신이 있어 세상이 달라진다》등의 책에서 '자신의 마음을 좇으며 세상을 위해 의미 있는 일을 하라'는 메시지를 전했다. 나는 줄곧 사람들에게 스스로 어제보다 나은 오늘을 살며 본인의 열정을 찾는다면 인생의 의미가 달라질 것이라고 격려했다.

지금의 나는 예전과 다름없이 일을 사랑하지만 고집을 내려놓는 법을 배웠기에 어떤 일을 하더라도 균형을 지키려고 노력한다. 매주 가족과 식사를 하고 어머니와 카드놀이를 하며 운동도 계속 하고 있다. 또한 음식과 수면, 스트레스의 균형을 맞추기 위해 매일 7시간 반의 충분한 수면을 취하고 매주 4시간의 운동을 한다. 누군가 내 도움을 필요로 하면 시간이나 영향력을 따지지 않고 기꺼이 그들과 만나며 SNS를 통해 계속 연락을 하며 지낸다.

사실 나는 병 때문에 이런 이치를 처음 깨달은 것이 아니다. 하지만 사람은 매우 나약한 존재여서 세속적인 가치인 명예와 이익만을 인생의 목표로 삼는다면, 자신이 진정으로 하고 싶은 일을 잃을 수 있다는 걸 처음으로 알게 됐다. 그러므로 우리는 더 많은 힘을 쏟아 스스로 원하는 일이 무엇인지, 어떤 사람이 되고 싶은지를 찾아내 그 초심을 지키며 유혹에 빠지지 않도록 최선을 다해야 한다. 그래야만 아쉬움이 남지 않는 인생을 살 수 있을 것이다.

4장

인생에서 너무 늦게 깨달으면
안 되는 것들

한때 아등바등 일에 매달려 살다 병을 얻어 오래 고생했던 친구가

내게 말한 적이 있다. "사람들 누구나 주어진 시간은 같다네.

젊어서 그 시간을 가불하면 이후에는 아무것도 없게 되지.

젊었을 때 너무 피곤하지 않게 살아야 가늘고 오래 흘러갈 수 있다네."

그 이야기를 들었을 때만 해도 나는 친구의 생각에 그다지

동의하지 않았는데, 그 벌을 받는 건지 지금에 와 쓴맛을 보게 됐다.

모두에게 조언하건대 건강관리와 일은 결코 충돌되는 개념이 아니다.

반드시 완전한 건강상태를 갖추고 있어야 하는 것은 아니지만

적어도 평균에 이르려는 노력은 해야 한다.

인생을 길게 봤을 때 매일 몇십 분을 더 들여 운동하고

한 시간 더 잠을 자는 것은 결코 낭비가 아니기 때문이다.

사실 효율적으로 사는 것과 건강을 유지하는 것은 매한가지로,

워커홀릭과 한가로운 백수 중에 하나만 선택할 필요가 없다.

지금 내게 누군가 다시 묻는다면 세상에 '이것 아니면 안 되는'

절대적인 일은 없다고 말하고 싶다.

일과 생활에 대해 새로운 인식을 하게 되면서 오랫동안

내 몸에 대해 불합리한 착취를 하고 있었음을 비로소 깨달았다.

앞으로는 결코 균형을 잃지 않고

최소한 내 몸을 소중히 다뤄야겠다고 결심했다.

지금 내 앞에 놓인 가장 중요한 인생 과제는 새로운 방식으로

일선에 복귀하는 것이다. 나는 앞으로 매일 충분한 잠을 자고

적당한 운동을 하며 영양이 풍부한 음식을 먹으려 한다.

예전의 패턴을 철저히 버리지 않는다면 내 몸에 잠복해 있는 암세포가

언제든 다시 활개를 칠 게 분명하기 때문이다.

그런 의미에서 암이 두렵지만 한편으로는 고맙기도 하다.

암은 내게 가장 위엄 있는 스승이며 감시자다.

암을 겪어내지 않았다면 스스로 옳다고 생각했던,

하지만 결코 옳지 않은 그 생활 속에 여전히 빠져 있었을 것이다.

———————

자기 몸이라고
함부로 착취하지 마라

림프종을 치료한 뒤 대만에서 요양생활을 하던 중, 어느 날 아침 옷을 갈아입고 있는데 곁에서 지켜보던 아내가 갑자기 큰소리로 외쳤다. "어머! 당신 척추가 안 보이네?"

"뭐라고?"

손을 뻗어 등 뒤를 만졌지만 별 느낌이 없어 큰 거울 앞에서 고개를 뒤로 돌려 척추 쪽을 살펴봤다. 하지만 역시나 크게 달라진 점이 없어 보여 아내에게 물었다.

"나는 아무 느낌이 없는데?"

하지만 아내는 몹시 흥분한 채 다가와 등 위아래를 여러 번 만져보더니 다시 말했다.

"정말 안 보인다니까요."

사실 아는 사람이 매우 드물었지만 내 등에는 꽤 오래전부터 두 개의 척추가 있었다. 하나는 정상적인 척추이고, 다른 하나는 그 오른편에 나란히 자리 잡고 있는 딱딱한 근육이다. 모양새가 꼭 척추 같아 근육척추라 불렀다. 이 근육척추는 내가 얼마나 최선을 다해 살았는지에 대한 증거로, 오랜 기간 동안 긴장되어 있던 근육이 뭉치면서 서서히 생겨난 것이다.

대체 언제부터 등에 또 그런 게 생겨났는지는 알 수 없었지만, 그 영향은 날로 심각해졌다. 퇴근을 하고 나면 등뿐 아니라 몸 구석구석의 근육이 땡겨 두꺼운 밧줄로 몸을 칭칭 감고 있는 것 같았다.

고통이 너무 심해 여러 전문가를 찾았지만 대부분 내 등의 이상한 근육을 보고 화들짝 놀라 도망갔다. 그러다가 지인의 소개로 올림픽 국가대표 출신의 마사지사를 어렵게 만날 수 있었다. 운동선수답게 힘이 엄청났던 그는 내 상태를 보더니 뭉친 근육을 조금씩 부드럽게 달래보자고 했다. 하지만 그가 하자는 대로 마사지를 받고 잠시 좋아졌던 근육은 얼마 지나지 않아 다시 수축됐고 전보다 더 팽팽하게 당겼다.

지친 나는 이 상태로 평생을 살겠거니 하고 체념하고 더 이상 그 뭉친 근육덩어리에 신경을 쓰지 않았다. 다만 고통이 너무 심해 대만에 돌아온 뒤에도 마사지는 계속 받았다.

그러던 중 컴퓨터를 새로 장만했는데, 마우스에 멀티터치 기능이 있어 왼손으로도 마우스를 사용할 수 있었다. 사실 오랫동안 의사들은 내게 오른손과 왼손을 번갈아가면서 마우스를 사용하라고 권했었다. 그런 충고를 귓등으로도 듣지 않다 오른쪽 팔뚝과 어깨에 연이어 문제가 생기고 나서야 사태의 심각성을 깨달았다. 결국 나는 40년 가까이 지속된 습관을 고치고 왼손으로 마우스를 사용하게 됐다. 그것도 암에 걸린 후의 일이지만.

암에 걸리기 전 일 분 일 초까지 정확히 계산하는 효율적인 생활에 익숙해진 탓에, 오랫동안 높은 스트레스에 시달리며 늘 긴장 상태에 있으면서도 혼자만 그 사실을 몰랐다. 나는 줄곧 '내 마음을 좇아' 내가 좋아하는 일을 하며, 내가 좋아하는 방식으로 생활하고 있다고 믿었다. 그 때문에 스스로 얼마나 많은 스트레스를 받고 있는지 몰랐고, 내 거만한 정신 상태 역시 큰 스트레스의 원인이 되는 줄도 몰랐다. 이런 것들이 몸에 차곡차곡 쌓이다가 결국 몸의 기형을 불러왔던 것이다.

몸에 대한 깨달음

"1년이 넘게 삶과 죽음의 고비를 넘겨온 나는 이 문제를 생각할 때가 왔다고 느꼈다."

유방암에 걸려 젊은 나이에 아깝게 생을 마감한 푸단대학 교수

위쥐안은 자신의 죽음이 멀지 않았음을 직감하고 통증을 참아가며 마치 논문을 작성하듯 자신이 어떻게 암에 걸렸는지에 대해 자세히 써내려갔다. '나는 어째서 암에 걸렸는가?'라는 그녀의 글은 많은 사람에게 자신을 되돌아볼 기회를 주었다.

병상에서 그 글을 읽은 나는 울적한 가운데에서도 내 몸에 대해 다시 한 번 숙고해볼 수 있었다. 여전히 나처럼 그릇된 삶을 사는 사람이 많을 것이라는 안타까움에 웨이보에 이 글을 리포스팅하며 짧은 글을 덧붙였다.

'우리는 평소에 자신의 몸을 소중히 여기지 않다가 아플 때만 미워하고 원망한다. 하지만 생명은 한계가 있다. 질병 앞에서 사람은 누구나 평등하다.'

대부분의 환자가 그렇듯 나 역시 큰 병에 걸리고 나서야 질병은 어떻게 생기는지, 우리 몸에 정말 필요한 건 무엇인지, 어떻게 해야 건강을 유지할 수 있는지 등을 진심으로 알고 싶어졌다. 그래서 고통의 와중에서도 호기심 많았던 어린 시절처럼 많은 책을 읽었으며 여러 분야의 전문가들을 만났다. 그 과정에서 지난날 내가 얼마나 몸을 학대하는 황당한 행동을 많이 했는지 깊이 깨달았다.

내 마음을 따라 선택한 일이었지만 일에 대한 열정과 사랑이 지나친 나머지 건강은 전혀 생각하지 않았다. 어떤 기자는 그런 나를 두고 '한 치도 흐트러짐이 없고 모든 디테일이 정확히 계산돼 있는 사람'이라고 묘사하기도 했다. 그런 막무가내식의 '철인생활'을 확인한 암이 나를 찾아온 건 사실 조금도 이상한 일이 아니었다.

예전에 나는 '희생에는 그만한 보답이 있다'라고 확신하며 스스로에게 과중한 부담을 지웠다. 그것이 나를 어떻게 망치는지도 모르고, 오히려 눈을 떠서 잠들기까지 완벽히 일에 몰두하는 것을 자랑스러워했다. 어떤 사람들은 머리를 비우기 위해 일부러 멍하니 있기도 한다지만, 바쁜 게 습관이 된 나는 잠시도 쉬지 않고 머릿속으로 어떤 일을 어떻게 처리할지 생각하기 바빴다. 집 밖을 나서는 순간부터 차를 타고 내리기 바빴으며 밤늦게까지 연이어 회의에 참석했다.

예전에 인터넷 속도가 느렸을 때는 필요한 자료와 결재할 서류를 미리 다운로드해 차 안에서 노트북이나 휴대전화로 하나씩 처리하기도 했다. 아주 오랜 기간 나는 계절이 어떻게 흘러가는지도 몰랐고, 사람과 만난다는 것이 어떤 느낌인지도 몰랐다.

그렇게 살면서도 별 지장이 없으니 운동은 시간 낭비라고 생각했고, 늘 잠이 부족한 데도 카페인에 의존해 정신을 차렸다. 겉으로는 멀쩡해 보였지만 정신적으로 늘 심각한 피로가 쌓여 있는 상태였다.

그렇게 되는대로 먹고 자면서도 아프지 않았던 건 내 체질이 좋아서가 아니라 업무 접대로 바쁜 와중에 행여 큰일을 그르칠까 조금만 아파도 얼른 약을 챙겨먹었기 때문이었다. 더구나 아내가 내 건강을 유별나게 챙기는 덕에 작은 병이나 통증쯤은 쉽게 나을 수 있었다. 그러다 보니 자연스럽게 몸에는 많은 신경을 쓰지 않게 됐다.

몸이 보내는 신호를 믿어라

한때 아등바등 일에 매달려 살다 병을 얻어 오래 고생했던 친구가 내게 말한 적이 있다.

"사람들 누구나 주어진 시간은 같다네. 젊어서 그 시간을 가불하면 이후에는 아무것도 없게 되지. 젊었을 때 너무 피곤하지 않게 살아야 가늘고 오래 흘러갈 수 있다네."

그 이야기를 들을 때만 해도 친구의 생각에 그다지 동의하지 않았는데, 그 벌을 받는 건지 지금에 와 쓴맛을 보게 됐다.

모두에게 조언하건대 건강관리와 일은 결코 충돌되는 개념이 아니다. 반드시 완전한 건강상태를 갖추고 있어야 하는 건 아니지만 적어도 평균에 이르려는 노력은 해야 한다. 인생을 길게 봤을 때 매일 몇십 분을 더 들여 운동하고 한 시간 더 잠을 자는 건 결코 낭비가 아니기 때문이다.

사실 효율적으로 사는 것과 건강을 유지하는 것은 매한가지로, 워커홀릭과 한가로운 백수 중에 하나만 선택할 필요가 없다. 지금 누군가 다시 묻는다면 세상에 '이것 아니면 안 되는' 절대적인 일은 없다고 말하고 싶다.

일과 생활에 대해 새로운 인식을 하게 되면서 오랫동안 내 몸에 대해 불합리한 착취를 하고 있었음을 비로소 깨달았다. 앞으로는 결코 균형을 잃지 않고 최소한 내 몸을 소중히 다뤄야겠다고 결심했다.

지금 내 앞에 놓인 가장 중요한 인생 과제는 새로운 방식으로 일선에 복귀하는 것이다. 나는 앞으로 매일 충분한 잠을 자고 적당한 운동을 하며 영양이 풍부한 음식을 먹으려 한다. 예전의 패턴을 철저히 버리지 않는다면 내 몸에 잠복해 있는 암세포가 언제든 다시 활개를 칠 게 분명하기 때문이다.

그런 의미에서 암이 두렵지만 한편으로는 고맙기도 하다. 내게 있어 암은 가장 위엄 있는 스승이며 감시자다. 암을 겪어내지 않았다면 스스로 옳다고 생각했던, 하지만 결코 옳지 않은 그 생활 속에 여전히 빠져 있었을 것이다.

건강과 성공은
바꿀 수 있는 것이 아니다

여섯 번째 항암화학요법이 끝난 뒤 주치의 탕 선생은 내게 생활을 철저히 바꿔, 음식 먹는 습관이나 업무에 임하는 마음가짐을 다잡고 새롭게 시작해야 한다고 조언했다. 이를 실천하기 위해 나는 큰마음을 먹고 한 건강재단에서 주최하는 건강캠프에 참여했다. 그곳에서 내가 아는 건강에 대한 개념 중 겉보기에만 그럴듯한 것이 많다는 것을 깨닫게 됐다.

"건강에 필요한 조건은 여러 가지이지만 모든 항목에서 100점을 맞을 필요는 없어요. 그건 불가능한 일이고, 완벽하려고 하면 할수록 스트레스만 쌓일 뿐이죠."

캠프를 주관한 의사의 말이었다.

현대인 중 대부분이 건강을 위해 노력한다. 보양식을 비롯해 건강보조제는 물론 각종 운동법에 이르기까지, 건강을 챙기는 것 또한 자기 관리의 하나가 된 지 오래다(물론 나처럼 건강 과신자도 있긴 하지만). 그래서 러닝 머신을 비롯해 온갖 운동 장비를 사들이기도 하지만 며칠 만에 포기하고 운동 기구들은 곧 빨래 건조대가 만다.

건강을 챙기는 것보다 중요한 일은 없지만, 이 역시 지나치면 스트레스가 될 뿐이다. 건강염려증이라는 신조어가 생긴 것도 그 때문이 아닐까.

많은 청년들이 내가 그랬듯 죽을힘을 다해 일만 하느라 일과 건강관리는 선택 사항이라고 생각한다. 설혹 양자택일이라고는 생각하지 않더라도, 어느 한쪽에 치우치다보면 다른 한쪽은 조금 소홀해질 수밖에 없다고 여긴다.

하지만 젊은 시절부터 극단적으로 일만 하다가 암에 걸린 후 오로지 건강에만 신경 쓴 나로서는 이 둘이 서로 대치되는 게 아니라고 말하고 싶다. 좋은 음식을 먹고, 적당히 운동하며, 숙면을 취하고, 스트레스를 낮춘다는 건 결국 잘 먹고, 잘 놀며, 잘 자고, 잘 쉬는 걸 말하기 때문이다.

건강캠프에 참여했을 때 의사로부터 또 이런 말을 들었다.

"건강에 영향을 주는 몇 가지 요소는 모두 교차곱셈의 효과가 있답니다. 입에만 맛있는 음식을 먹었다면 운동으로 균형을 맞추면 됩니다. 운동이 부족하고 수면의 질이 나쁘다면 스트레스를 낮추고 건강한 음식을 섭취해 심신의 부담을 덜어주면 되고요."

이처럼 유연하고 실천하기 쉬운 방법이라니, 나 같은 사람에게 가장 적절한 자기관리법칙이 아니겠는가. 의사는 덧붙여 80점이 만점인 자기 관리법칙에 대해 설명해주었다. 그 법칙은 건강에 가장 영향을 미치는 네 가지 요소 즉 음식 섭취, 운동, 수면, 스트레스 조절을 시간 순서에 따라 전, 중, 후로 세분화해 종합적으로 관리하는 방법이다.

음식 섭취를 예로 들자면, 음식을 먹기 전에 어떤 식재료와 조리방법을 선택할지(전), 식사할 때에는 어떤 기분과 태도로 먹을 것인지(중), 다 먹고 난 후에는 어떻게 배변할 것인지(후)를 생각하는 것이다.

요즘은 점점 더 유기농식품을 중시하고 있지만 조리방법이 잘못되면 제아무리 유기농식품을 먹어도 건강을 손상시킬 수 있다. 또한 식사를 할 때 허겁지겁 먹거나 기분이 좋지 않으면 애써 세운 공든 탑이 무너질 수 있다. 그럴 바에야 즐거운 기분과 태도로 정크푸드를 먹는 편이 낫다. 또 아무리 잘 먹어도 소화를 못 시키거나 변을 못 보면 먹은 음식이 독이 될 수도 있다.

따라서 음식 하나를 먹더라도 이런 모든 일련의 과정을 고려할 필요가 있다.

하지만 앞서 말했듯 이 모든 것이 꼭 완벽할 필요는 없다. 개인의 생활습관과 환경조건에 따라 네 요소(영양 섭취, 운동, 수면, 스트레스 해소) 안에서 스스로 실천이 가능한 것을 찾아내 80점을 목표로 노력하면 된다. 어차피 사람이 실험실 속에 사는 것도 아닌데 자기 상황에 맞게 적절히 실행할 수 있어야 하지 않겠는가.

요양을 하는 기간 동안 나는 이런 원칙 하에 스트레스 없이 건강관리를 했다. 내게 맞는 편하고 자유로운 규칙에 따라 생활했으며 적당한 운동과 음식 섭취, 수면을 취했고 지난날의 많은 '고집'을 내려놓았다. 덕분에 등에 있던 척추 모양의 근육덩어리도 서서히 사라졌다.

정말 신기한 건 근육척추가 사라지면서 내 기분에도 많은 변화가 생겼다는 것이다. 아니, 어쩌면 그 반대로 기분이 달라졌기 때문에 근육척추도 사라졌는지 모르겠다.

이처럼 몸과 마음은 서로 영향을 끼치며 서로에게 원인과 결과가 된다. 내 몸이 이를 확실히 증명하지 않았는가. 가장 신기한 일은 '반드시 무엇을 해야 한다'라는 고집이 없어지면서 생각지 못한 여러 인연들이 하나하나 생겨났다는 것이다.

건강을 과신하는 사람에게 특히 이런 유연한 건강관리가 필요하다고 말하고 싶다. 나이가 많거나 체질적으로 약한 사람이라면 80점을 유지하려고 노력해야 하고, 중년이라면 최소 70점을 받으려고 노력해야 하며, 젊은 사람이라면 최소 절반 정도는 지켜야 한다.
'지킬 수 있는 것들만 즐겁게 지켜나간다'라고 마음먹으면 못할 것
도 없다.

　이런 전제를 갖추고 나서 효율적으로 열심히 일하라.

　건강 대신 성공을 취한다는 건 결코 지혜로운 생각이 아니다. 또
한 그렇게 얻은 성공은 오래갈 수도 없다.

인간의 몸은 세계 어느 대도시보다
바쁘게 돌아간다

모든 치료가 끝난 뒤 의료진은 내게 앞으로 5년 동안은 건강상태를 확인하며, 이를 위해 3개월에 한 번씩 혈액검사와 6개월에 한 번씩 엑스레이 촬영을 해야 한다고 했다. 죽을 고비를 넘긴 나는 예전에는 신경도 쓰지 않았던 건강상태를 점점 더 중시하게 됐다.

어떤 의사 선생은 정기적으로 건강검진을 받는 것도 중요하지만 자가진단이 훨씬 더 중요하다고 말하기도 한다. 우리가 할 수 있는 자가진단이란 먹고 마시고 싸고 자는 것이 정상인지를 수시로 확인하는 것이다. 잘 먹고, 잘 자고, 배변이 정상이면 기본적으로 큰 병이 없다고 하는데 실제로 그런 편이다. 병에 걸렸다가 몸을 회복한 사람 대부분이 건강관리의 첫걸음으로 먹고 마시고 소변을 보고 대변을 누며 잠을 자는 등 다섯 가지 일이 원활해야 한다고 강조하는데 이는 내 경험과도 일치한다.

어린 시절부터 식탐이 많았던 나는 채소보다 고기나 생선을 좋아했고 폭식을 하기 일쑤였다. 젊었을 때는 앉은 자리에서 1.5킬로그램의 스테이크를 먹어치운 적도 있다.

대학 신입생 시절 배부를 때까지 마음껏 먹을 수 있는 뷔페를 종종 찾곤 했다. 그런 곳에 가려면 적지 않은 돈이 들었기 때문에 전날 저녁부터 쫄쫄 굶기도 했다. 한번은 뷔페에서 스테이크 아홉 접시를 먹었는데 너무 배가 불러 다음 날까지 아무것도 먹을 수 없을 정도였다. 사실 가난한 학생 입장에서는 하루 배불리 먹고 다음 날은 안 먹어도 되니 이처럼 좋은 일이 없었다. 하지만 가게 주인은 다음부터는 절대 오지 말라며 으름장을 놓기도 했다. 먹는 것에 한창 열을 올렸을 때는 뷔페에서 친구와 시합을 한답시고 단숨에 소프트 아이스크림 열 개를 먹어치운 적도 있다. 심지어 알짜배기만 먹겠다며 프라이드치킨의 튀김옷은 다 떼어내고 먹기도 했다.

하지만 이런 폭식은 사실 위장에 매우 큰 부담을 주며 급하게 위장이 가득 차면 몸을 움직이기도 힘들어진다. 오랫동안 이렇게 위장을 괴롭히면 자신도 모르는 사이에 엄청나게 많은 양의 쓰레기가 몸 안에 쌓이게 된다.

아프고 나서 즉시 바꾼 것이 바로 음식을 먹는 태도였다.

먹어서 안 되는 음식은 없다

암 판정을 받은 직후 나는 지난날을 참회하는 마음으로 채소로 된 음식만 먹고 육식은 전혀 입에 대지 않았으며 고기를 조금이라도 먹으면 토하려고 했다. 오랫동안 위장이 시달렸으니 이제라도 개과천선해 채식을 하며 몸을 쉬게 할 요량이었다.

하지만 항암화학요법을 받기로 결정한 뒤 주치의는 치료 기간 동안 체력을 길러야만 몸이 항암화학요법으로 생긴 부작용을 견뎌낼 수 있다고 충고했다. 뿐만 아니라 주변으로부터 이런저런 조언을 들어보니 채식만 하면 영양이 부족해진다고 하기도 하고, 달걀이나 우유를 먹어야 되네 마네 의견이 분분했다.

하는 수 없이 다시 고기와 해산물을 조금씩 먹기 시작했다. 그러면서 계속 이 문제에 대해 공부를 했는데, 내가 내린 결론은 여러 의견을 수렴하되 자신의 신체반응을 참고해 자신만의 '적당한' 원칙을 세워야 한다는 것이었다. 좀 더 구체적으로 말하자면 적당히 영양소를 섞고, 적당히 거친 음식을 먹으며, 적당히 채식을 하고, 적당히 천연 재료를 사용하는 것이다.

나는 4대 영양소의 균형이 갖춰진 음식을 먹기 위해 다음과 같은 원칙을 지켰다. 첫째, 채소와 과일을 많이 먹고 곡류와 해산물, 저지방 혹은 무지방 식품, 콩류, 견과류 등을 먹는다. 둘째, 붉은 고기와 가공된 고기를 적게 먹고 기름에 튀긴 음식과 단 음식, 당이 함유된 음료를 적게 먹는다. 셋째, 술은 절대 금물이지만 매일 한 잔의 포도주를 마실 수 있다. 붉은 포도주 안에 있는 성분이 혈관의 비정상적인 확대와 암세포의 확산을 막아주기 때문이다.

하지만 이 원칙들을 지키는 와중에서도 좋아하는 음식을 먹고 싶은 욕망을 포기할 수 없었다. 암 투병을 하느라 이렇게 고생하는데 계속 싱거운 국물만 먹어야 한다면 너무 잔인한 일이 아닌가. 더구나 매일 미간을 잔뜩 찡그린 채로 음식을 먹어야 한다면 그로 인해 부정적 에너지가 생겨 병세에도 좋지 않은 영향을 미칠 수 있다. 살날이 얼마 남지 않은 말기 암 환자는 먹고 마시는 일에 신경 쓰지 않을지 모르지만 나처럼 다시 수십 년의 인생을 더 허락받은 사람은 건강과 맛을 모두 신경 써야만 한다.

덕분에 아내 셴렁이 메뉴를 정하느라 많이 고심해야 했다. 한번은 딸아이가 나와 함께 먹던 영양죽을 학교에 가져가 먹은 적이 있는데 선생님이 보고 아이를 꼭 안아주며 그 용기(?)를 칭찬해줬다고 한다. 식생활에 변화를 주면서 내 생각은 더 확고해졌다. 건강을 위해 먹지 말아야 할 음식은 없으며, 건강을 위한 식단을 준비하되 가끔 입이 즐거운 음식을 먹고 그로 인한 문제는 운동 등 다른 것으로 보충하자는 것이었다.

내가 암에 걸린 걸 안 주변 사람들은 암 치료에 관한 정보와 경험담을 적극적으로 알려줬다. 특히 투병 중에 알게 된 암케어재단

이사장의 도움이 컸는데, 그녀는 부엌으로 우리 부부를 초대해 자신이 어떻게 음식을 만들어 나처럼 암에 걸린 남편의 건강을 돌봤는지 직접 가르쳐줬다.

그녀는 소화에 좋은 쌀죽을 비롯해 여러 가지 식재료를 쓴 보양식들을 직접 보여줬다. 집에 돌아온 뒤 그녀가 소개해준 음식들을 직접 해 먹어 보았는데, 그러면서 알게 된 사실은 몸에 좋은 보양식들은 아침에 위가 비었을 때 먹어야 흡수가 잘된다는 점이었다. 이왕 먹는 건강식인데 몸에 완전히 흡수되어야 좋지 않겠는가. 이렇듯 건강을 지키되 먹는 즐거움도 유지하는 방법을 고려해 식습관을 바꾸다 보니 나를 괴롭히던 통풍과 변비에서 해방된 것은 물론 여러 건강지표들이 정상을 되찾았고 심지어 정신도 맑아졌다.

여러 음식을 고루 먹으며 먹는 즐거움을 잃지 않는다는 원칙을 지켰지만 몇 가지 주의했던 점은 있다. 백미나 밀가루 같은 정제식품 대신 잡곡을 많이 먹었다는 것과 되도록 산지에서 나는 식재료를 택했다는 점이다. 가공식품의 안전문제가 회자되는 요즘, 산지에서 나온 식재료가 복잡한 가공을 거친 식품보다 더 건강하지 않겠는가. '신토불이' 같은 말은 아기가 엄마 젖을 먹는 것과 같은 이치다. 모유의 영양이 아이의 성장주기를 자동으로 조절하는 것처럼 산지의 식재료나 계절식품도 계절과 생산지에 따라 우리 몸에 신비로운 변화를 일으키게 마련이다. 다만 인공적인 것에 길들여진 우리의 몸이 그 차이를 구별해내지 못할 뿐이다.

내 몸은 내가 제일 잘 안다

우리 몸에 좋은 영향을 공급한다는 건 평소의 일, 휴식과 밀접한 관련이 있다. 예전에 나는 야식을 즐기거나 밤에 접대하는 경우가 많았다. 그래서인지 하루 중 저녁을 가장 풍성하게 먹었고, 아침에는 입맛이 없어 적게 먹거나 아예 먹지 않기도 했다. 이제 나는 이런 식습관을 반드시 고쳐야 한다는 사실을 잘 알고 있다.

지금 내가 아침에 일어나 가장 먼저 하는 일은 물 한 잔을 마셔 위장을 깨우는 것이다. 삼시 세끼 중 첫 끼가 가장 중요하기 때문에 아침에는 영양이 풍부한 음식을 먹어야 한다.

그래서 나는 보통 아침에 섬유질이 많은 고구마와 납작보리, 으깬 참마를 먹는다. 또한 밤에는 가능한 한 적게 먹는데, 이는 수면 시간에 면역 시스템과 세포 재생이 이뤄지기 때문이다. 잠을 잘 때 위장이 계속 일을 하고 있으면 다른 작업의 능률을 떨어뜨릴 뿐만 살도 쉽게 찐다. 그 때문에 오후 6시 이후에는 고기나 기름, 전분, 설탕을 되도록 먹지 않는다.

특히 모임이 있는 자리에서 젓가락을 내려놓는 법을 배웠다. 손님들과 모임을 가지면 다 먹지도 못할 만큼 음식을 차리게 마련이다. 게다가 이야기를 하면서 밥을 먹다 보면 몇 시간이고 앉아 있기 때문에 정량의 몇 배를 먹기도 한다. 이럴 때는 1인당 1인분의 음식만 차리거나 남는 음식은 집에 싸가는 것도 좋은 방법이다. 그래야 위장의 부담을 덜고 음식물도 낭비하지 않게 된다.

음식을 먹는 행복감을 잃지 않기 위해 점심에는 좋아하는 음식을 먹는다. 양도 좀 많은 편인데, 저녁에 절반 정도 배를 채운다면 점심에는 90퍼센트쯤 배부르게 먹는다. 전체적으로 70~80퍼센트만 배를 채운다는 목표에 어긋나지 않기 때문이다.

음식에 관해 이야기할 때 배변 문제를 빼놓을 수 없다. 암에 걸린 지 얼마 되지 않았을 때 배변에 대한 스트레스가 많았다. 의사는 배설물은 독소이기 때문에 제대로 변을 보지 못하면 체내에서 문제를 일으킬 수 있다고 말했다.

본래 어떤 문제가 있으면 즉시 해결해야 직성이 풀리던 나는 한두 차례 애를 써도 소식이 없으면 금세 초조해졌다. 심지어 항암화학요법으로 변비가 생겼을 때는 어느 설사약이 가장 효과가 좋을지 심도 있게 분석해보기도 했다.

베스트셀러《내 몸 사용설명서》의 작가인 메멧 오즈 박사가 중국을 방문했을 때 그와 만날 기회가 있었다. 당시 나는 오즈 박사로부터 배변에 관한 실용적인 지식을 많이 배웠다. 그는 대소변에 여러 가지 건강정보가 있기 때문에 형태와 색깔만 잘 살펴봐도 건강을 관리하는 데 도움이 된다고 했다. 또한 "배변 횟수가 하루 네 번 이상이거나, 많아 봐야 이틀에 한 번 정도라면 진료를 받아봐야 합니다"라고 말했다. 하지만 그는 배가 아프지 않다면 크게 걱정할 필요가 없다는 말도 덧붙였다.

이와 관련해 건강캠프에서 만난 의사에게도 조언을 들었는데, 그는 음식을 먹으면 위장의 연동 운동이 촉진되기 때문에 식사 후 15분이 지났을 때가 배변 보기에 가장 좋다고 했다. 또 그런 이유로 하루에 두세 번의 배변활동은 정상이라고도 했다.

소변의 빈도도 매우 중요한데 절대로 요의를 참으면 안 된다. 소변이 나오지 않거나 지나치게 잦은 것도 문제가 있으므로 반드시 진료를 받아야 한다. 소변의 색깔을 통해 적지 않은 건강정보를 확인할 수 있는데, 심지어 소변의 색깔은 스트레스 정도를 관측하는 지표가 되기도 한다. 일반적으로 스트레스가 많거나 일이 바빠 물 한 잔도 제대로 마시지 못하면 소변 색깔이 짙은 노란색(무색이거나 담황색이 좋다)을 띠게 된다.

나는 건강한 배변 활동을 위해 매일 채소과일즙을 먹는데, 매일 한 잔씩 마신 이후로 배변과 해독은 물론 다이어트에도 효과를 보고 있다. 사과, 당근, 바나나, 키위 등의 과일에 각종 신선한 채소들을 섞은 것으로, 가끔 아침식사 대용으로 먹을 때는 포만감을 주는 잡곡을 추가하기도 한다.

음식을 먹는 일부터 대소변까지, 우리 몸의 생리작용은 건강에 관해 여러 가지 정보를 제공한다. 따라서 우리는 몸이 보내는 신호를 잘 파악해야 한다. 배가 고프거나 부를 때, 졸립거나 잠이 오지 않을 때, 변의나 요의가 있을 때 등 그 어느 것도 소홀히 여겨선 안 된다. 특히 변의가 있을 때 화장실에 가지 않으면 결국엔 변비가 된다. 그래서 나는 요즘 회의를 하고 있다가도 장에서 신호가 오면 초등학생처럼 손을 들고 화장실로 향한다.

인체의 활동은 매우 복잡하고 정밀한 것이라 세포 하나가 뉴욕보다 바쁘게 돌아간다. 그 과정을 의사가 일일이 체크할 수는 없는 노릇이다. 또한 아무리 잘난 의사라 해도 당신보다 당신의 몸에 대해 잘 알 수는 없다. 그러므로 자기 몸을 잘 관찰하는 습관을 들여야 한다. 때로는 병원의 각종 검사 수치보다 자가진단이 더 믿을 만하다.

신은 인간을 온종일 앉아 있으라고
창조하지 않았다

예전에 나는 운동을 전혀 하지 않았을뿐더러 운동으로 건강을 관리하는 친구를 비웃기도 했다. 실제로 한 친구가 웨이보에 '미국의 과학자가 1만 명 이상을 대상으로 여러 해 동안 연구한 끝에 달리기를 즐기는 사람이 그렇지 않은 사람보다 7년을 더 살 수 있다는 사실을 발견했다'는 글을 올렸을 때 나는 이렇게 말했다.

"더 살게 된 7년은 내내 달리기만 하고 있는 거 아닌가?"

당시에는 농담같이 던진 말이었지만 내가 잘못 생각한 것이었다. 양의학을 전공했든 중의학을 전공했든 요즘 내가 만나는 의사들은 운동만큼 중요한 게 없다고 입을 모은다. 특히 유산소운동은 만병의 근원인 비만을 방지하며 암세포의 자살을 촉진할 뿐만 아니라 자연살해세포(바이러스에 감염된 세포나 암세포를 직접 파괴하는 면역

세포-옮긴이)를 활성화하는 좋은 처방이기도 하다.

또한 사람은 동물이기 때문에 살려면 움직여야 한다. 애초에 하느님이 인간을 창조했을 때 훗날 사람들이 온종일 컴퓨터 앞에만 붙어 앉아 운동은 전혀 하지 않으리라곤 상상하지 못했을 것이다. 게다가 사람들은 두 다리 대신 교통수단을 써서 소중한 지구 에너지를 낭비하고 있지 않은가. 걷는 대신 차를 타고 다니는 통에, 원체 움직여야만 제대로 기능을 하는 사람의 몸이 갈수록 약해지고 있다.

한 중의학 연구에 따르면 고대인들은 대부분 양기가 넘치고 음기가 적었다고 한다. 또한 체형이 마른 편이었는데 이는 고대에 양식이 부족했기 때문이다. 반면 현대인은 음기가 넘치고 양기가 부족하다. 그로 인해 에너지는 부족한 반면 먹거리가 넘쳐나 체형은 뚱뚱해졌다.

이런 차이는 바로 운동에 있으며 이를 극복하려면 틈이 날 때마다 걸어야 한다. 많이 걸으면 양기가 몸 아래로 내려가 에너지가 전신으로 돌게 된다. 그런데 현대인들은 잘 걷지 않기 때문에 위아래가 잘 통하지 않는다. 결국 신체 건강이 내리막길을 걷게 될 뿐만 아니라 급기야 질병을 불러오게 된다.

지난날 나는 이런 현대인의 생활 패턴을 당연하게 여겼다. 시간이 없어 운동을 안 한 면도 있지만 실은 운동의 필요성을 전혀 느끼지 못했다. 그러다가 몸의 근육이 뭉쳐 격심한 고통을 느끼고 나서야 운동을 해야겠다고 결심했는데, 나름 운동을 한답시고 러닝머신을 샀지만 그 위를 뛰면서도 연설 동영상이나 비즈니스 뉴스를 시청했다. 운동을 했다기보다 운동하는 '척'을 했다고 보는 편이 맞다.

그런데 몸이 아픈 후로 운동은 건강을 회복하는 데 가장 중요한 처방 중 하나가 됐다. 요즘 나는 미리 짜놓은 계획표에 따라 매주 두세 번, 한 시간 이상 열심히 등산을 하고 있다.

처음 등산을 할 때는 '시간 낭비'를 막으려고 주제를 정해놓고 산길을 걸으면서 해결책을 생각했다. 하지만 그러고 나니 등산을 마치고 집에 돌아와서도 도무지 뭘 봤는지 모르겠고, 뭘 생각했는지만 기억이 났다.

나중에야 나는 머리를 비우지 않으면 몸도 진정한 휴식을 취할 수 없다는 것을 깨닫고 아무 생각을 하지 않기로 했다. 적어도 어떤 주제를 일부러 생각하지 않겠다고 다짐하며 걸었는데 머리를 비운다는 것이 결코 쉬운 일이 아님을 깨달았다.

그러던 중 누군가로부터 걸을 때 자신의 몸을 느끼는 데 집중해보라는 조언을 들었다. 그의 말을 따라 실천하다 보니 산길을 걸을 때 전보다 훨씬 몸이 편해졌고 오르내리는 등산로에서 아름다운 것들을 많이 볼 수 있게 됐다.

우리 가족은 대만에서는 웬만해선 운전을 안 한다. 집 근처에 볼일이 있을 때는 가급적 걸어서 해결하고, 조금 먼 곳에 갈 때는 지하철이나 택시를 탄다. 그러다 보니 자연스럽게 많이 걷게 되었다. 뿐만 아니라 등산이나 산책 등 운동 습관을 들인 뒤로 운동의 장점을 정말 몸소 체험하게 됐다. 그 변화는 본인만이 정확히 아는 것이어서 말로는 제대로 설명할 수 없다.

적당한 운동은 심혈관의 탄성을 좋아지게 하며 심폐기능을 향상시킨다. 뿐만 아니라 대뇌를 자극해 도파민을 분비시켜 사람의 기분을 즐겁게 만든다. 내 경우 등이 땀으로 젖을 만큼 걷고 나면 그 성취감이 말할 수 없을 만큼 컸다.

의사는 내게 단순한 걷기뿐 아니라 언덕을 자주 오르내리는 것도 도움이 된다고 조언했다. 10분쯤 심장이 빠르게 뛰도록 만든 뒤 천천히 호흡하면서 다시 걸으면 좋다는 것이다. 이외에 요가나 스트레칭 등을 통해 근육을 풀어주는 것도 병행하라고 충고했다.

그래서 가끔 가족과 함께 키넥트(Kinect, 별도의 컨트롤러 없이 사람의 신체와 음성을 감지해 TV 화면 안에 그대로 반영하는 신개념 동작인식게임-옮긴이)를 하기도 했다. 닌텐도의 위(Wii)에서 한층 더 발전된 게임인데, 게임이라고 우습게 보지 못할 것이 운동량이 엄청나다.

가까운 거리는 걷는 것을 원칙으로 삼고, 매주 2~3회 산책이나 등산으로 머리를 비우며, 짬짬이 몸을 움직일 수 있는 운동을 하면 건강은 물론 긍정적인 마인드를 갖게 된다는 것이 내가 얻은 결론이다.

몸이 움직이기 시작하면 생명의 물도 함께 흘러든다. 또한 생각지도 않게 머리가 맑아지고 기분도 상쾌해진다. 부디 여러분도 운동의 참맛을 느껴보기 바란다.

철인이라도
밤에는 뇌의 스위치를 꺼둬야 한다

아프고 난 뒤 나는 여러 명의를 만났는데 그중 한 사람은 '사람은 반드시 사계절에 맞춰 생활해야 한다'고 강하게 주장했다. 그의 말에 따르면 인생에도 사계절이 있어 어린아이는 봄이고, 노인은 겨울이라고 했다. 또한 봄에 잠이 많이 오는 것처럼 아이도 잠을 충분히 자야 하며 잠을 많이 자는 아이가 똑똑하다고 주장했다. 그래서 아이가 아침에 일어나기 힘들어하면 억지로 깨워 학교에 보내기보다 선생님께 전화를 하는 편이 낫다고 했다. 아이가 충분히 잔 뒤 저절로 깨어나는 것이 중요하기 때문이다(일찍이 이 이치를 알았다면 작은 딸아이가 얼마나 좋아했겠는가).

대학 시절 컴퓨터를 전공하는 학생은 대부분 올빼미족이라 매일 늦게까지 자지 않는 게 다반사였다. 당시 나는 전산실에서 학생들의 질문에 답변해주는 아르바이트를 했는데 주로 자정부터 새벽 4시까지 일했다. 그 시간에 전산실을 찾는 학생이 적을뿐더러 내 일을 하면서 돈을 벌 수 있었기 때문이다.

시험 기간에는 하루에 예닐곱 잔의 커피를 마셨는데 그러다 보니 화장실을 자주 가야 하는 번거로움이 있었다. 그러다 카페인 알약이 있다는 것을 알고 졸음이 올 때면 한 알씩 먹었다. 가장 오래 깨어 있던 기록이 3일이었는데 열 알 정도의 카페인을 먹었으니 커피 서른 잔을 연속으로 마신 것과 다름없었다.

박사 과정 때는 교수님의 연구실에서 살다시피 했다. 컴퓨터 수십 대를 나 혼자 사용했는데, 언어 식별을 위해 컴퓨터가 5,000개의 문장을 분석하려면 24시간 이상이 필요했다. 그 때문에 나는 매일 밤마다 수십 대의 서버를 돌리고 분석하느라 바빴다.

당시에는 컴퓨터 기술이 매우 뒤처진 편이라 모든 실험을 수동으로 진행해야 했다. 하지만 내게 수십 대의 컴퓨터는 신이 내린 선물과 같아서 작동을 멈출 수가 없었다. 그 때문에 몇 시간에 한 번씩 컴퓨터에 문제가 생기지는 않았는지 확인하곤 했다. 한밤중에 깨어나 컴퓨터가 잘 돌아가고 있는지 확인하는 일도 다반사였다. 나중에 이메일에 바로 답장을 보내지 않으면 잠을 못 자게 된 것도 이와 무관하지 않다.

훗날 어떤 기자가 인터뷰를 하러 왔다가 수십 년 동안 매일 밤

11시에 잠자리에 들고 새벽 5시에 일어나며 TV를 보지도 않고 운동도 하지 않는 나를 보고 감탄했다. 그녀는 자신의 기사에 나를 두고 '자제력이 대단하고 규칙적인 사람이며 컴퓨터 서버처럼 언제나 정확하고 빠르게 움직인다'라고 묘사했다.

하지만 그녀는 내가 일에 얼마나 몰두하는지만 보았을 뿐 '자야 할 때 자지 않고 자고 싶을 때 자지 못하는 사람'이란 사실은 몰랐다. 아주 오랫동안 나는 낮에는 커피에 의지해 정신을 차리고 밤이면 수면제를 먹어야 잠이 들었다. 겉보기에는 매일 생기가 넘쳤지만 마음에는 피곤이 켜켜이 쌓여 있었다.

'철인'이란 별명을 포함해 어떤 시간에도 메일에 답장을 보내는 등의 여러 신화는 사실 엄청난 대가를 희생하며 쌓아온 모래성이었다. 일과 건강은 함께 공존할 수 있는 것인데도, 안타깝게 그 사실을 너무 늦게 깨달았다. 잘못된 내 생활습관과 암이 아무 관련이 없을까? 아니, 나는 관련이 클 가능성이 매우 높다고 생각한다.

큰 병을 앓고 난 뒤 몸의 손실을 보상하기 위해 내가 내 몸에 한 첫 번째 약속과 변화는 바로 잠을 잘 자는 것이었다. 예전에 나는 아침에 일어나면 늘 졸렸고 이 졸음을 쫓기 위해 계속 커피를 마셨다. 하루 평균 예닐곱 잔의 커피를 마시고 거기다 진한 에스프레소 한 잔을 더 마셔 정신을 차렸다. 하지만 지금은 순수하게 커피의 맛을 즐기고 싶을 때만 마시는데 그 느낌이 얼마나 좋은지 모른다.

뇌를 적당히 쉬게 하라

미국 코네티컷대학 건강센터의 암 역학자 리처드 스티븐스의 연구에 따르면 수면은 면역력을 높일 수 있는 가장 좋은 방법이라고 한다. 또한 충분한 수면은 종양이 성장하는 것을 예방하거나 제한하는 효과가 있으며, 매일 밤 11시 이후에 잠들어 7~8시간 정도 자는 것이 가장 이상적이라고 한다.

만약 이 시간대에 숙면을 취하지 못하면 에너지 시스템이 재생 작업에 전력을 다할 수 없으며 세포 재생에 문제가 생길 확률이 높아져 건강에도 큰 해가 되게 마련이다. 2주 연속으로 매일 7시간을 채 못 잔 사람은 감기에 걸릴 위험이 8시간 이상을 잔 사람보다 3배라는 연구 결과도 있다.

중의학에서도 잠은 사람의 몸에 양기를 불어넣으며 암은 음기가 지나치게 왕성해 생기는 것이라 보고 있다. 특히 밤 11시부터 새벽 1시 사이에는 몸의 양기가 막 생겨나기 때문에 이 시간대에는 반드시 숙면을 취해야만 한다고 말한다.

장기간 수면이 부족한 사람이 처할 수 있는 가장 큰 위험은 사망의 위험이 눈에 띄게 늘어나며 암에 걸릴 확률이 급격히 높아진다는 것이다.

나는 병에 걸리기 전까지 제대로 긴장을 풀어본 적이 없고 심지어 잠을 자는 동안에도 푹 쉬지 못했다. 생각하건대 내 건강을 해친 가장 큰 문제는 오랫동안 매일 평균 5시간밖에 자지 못한 점이다.

업무 스트레스가 점점 쌓이고 있는데도 거의 매일 밤마다 일어나 메일을 보내고 회사 업무를 처리한 뒤에야 잠깐 잠이 들었다. 그러고도 새벽 5시면 어김없이 눈을 번쩍 뜨고 시계의 숫자를 확인했으니 극기 훈련이 따로 없었다.

거기에 인터넷에 빠진 뒤로는 한밤중에 그날 있었던 큰 사건을 일일이 확인했으며 심지어 미국에서 벌어진 사건, 과학계와 투자계의 최신 소식까지 모두 훑어봤다. SNS를 즐기는 사람 중에는 올빼미족이 많아 대부분의 설전이 한밤중에 일어나곤 했는데, 일부러 그 시간에 웨이보에서 일어난 최신 상황을 확인한 뒤 다음 날 올릴 글을 준비하곤 했다.

예전과 완전히 다르게 살겠다고 결심한 뒤 건강을 위해 처음 한 선언은 수면제를 끊고 매일 밤 11시에 잠들어 자연스럽게 깨어날 때까지 눈을 뜨지 않겠다는 것이다.

물론 처음에는 쉽지 않았다. 그동안 습관적으로 대뇌를 쉴 새 없이 움직인 탓에 침대에 누워도 잠이 오지 않았다. 오히려 누워 있으면 주마등처럼 여러 장면이 스쳐 지나가면서 낮에는 절대 떠오르지 않던 영감이 불쑥 떠오르기도 했다. 그럴 때 계속 잠을 자는 건 시간 낭비라 여겼기 때문에 결국 몸을 일으켜 컴퓨터를 켜는 일이 다반사였다. 한밤중에 일어나 일을 한다고 아내가 잔소리를 하면 오히려 당당하게 말했다.

"회사에 일이 있어서 그래. 당신 먼저 자."

당시에는 아내가 별수 없이 내 말을 따라줬지만 암에 걸린 뒤로는 함부로 수면시간을 가불하지 못하도록 훨씬 엄격하게 나를 관리하고 있다.

어른들이 쉽게 못하는 일이 대뇌의 스위치를 끄고 안정을 찾는 것이다. 반면 아이들은 고민이 별로 없기 때문에 낮에 신나게 뛰어놀면 밤에 베개에 머리가 닿자마자 잠이 들어 다음 날 아침까지 깨지 않는다. 이처럼 수면장애는 사회화 이후에 나타나는 현대병으로 고민이나 생각이 많은 성인은 잠을 자려고 별별 방법을 다 생각하게 마련이다. 하지만 그렇다고 숫자를 세다 보면 큰 효과도 없을뿐더러 오히려 머리가 더 맑아지기도 한다.

얼마 전 나는 쉽게 잠들 수 있는 새로운 방법에 대해 들었다.

우선 당신에게 가장 익숙한 길을 찾아보라. 이를테면 어렸을 때 학교를 오가던 길처럼 이런저런 생각을 하지 않아도 단번에 떠오르는 길이어야 한다. 그런 뒤 눈을 감은 채 아무 생각도 하지 않고 머릿속으로 산책에 나서라. 그러면 머리로 산책을 하면서도 실제로는 뇌를 많이 사용하지 않기 때문에 빨리 잠들 수 있다.

어쨌든 나 스스로 수면에 도움을 주는 여러 방법을 시도하고 아내 셴링도 내 휴식을 돕겠다고 나섰다. 잠이 쉽게 들지 않는 날도 행여 나 때문에 아내가 깰까 싶어 지루해도 참고 또 참았다. 그렇게 하루 이틀 견디다 보니 뜻밖에도 밤중에 일어나 컴퓨터를 켜는 '중독'을 끊을 수 있었다. 반면 수면제를 끊는 일은 그리 쉽지 않았다. 하지만 한 알에서 반 알로 줄이는 식으로 약을 먹고 싶은 충동을 참고 다른 방법들을 동원한 끝에 6개월 만에 완전히 수면제를 끊을 수 있었다.

잠을 잘 자는 비결

수면을 돕는 방법은 매우 다양하지만 사람에 따라 효과가 다르다. 내 경우, 아침에 눈을 뜬 뒤 햇볕을 쬐는 것이 신체를 깨우는 매우 중요한 방법이었다.

일어나서 커튼을 걷거나 베란다로 나가 햇볕을 받으면 온몸의 세포가 깨어나게 된다. 어떤 전문가는 밤낮을 바꿔 사는 게 습관이 된 사람이 시차를 조정하려면 이른 새벽에 동쪽으로 자리 잡고 앉아 눈을 감은 채 태양이 뜰 때까지 기다리라고 조언하기도 한다. 이렇게 며칠만 하면 생체시계가 자연스럽게 조정된다는 것이다.

이외에도 밤에 잠을 잘 때는 가능한 한 조명을 켜지 말아야 한다. 특히 한밤중에 화장실을 갈 때 형광등을 켜지 않는 것이 좋다. 한 연구에 따르면 신체는 이미 어둠에 적응이 되어 있기 때문에 갑자기 조명을 켜면 멜라토닌 분비가 줄어들 수 있다고 한다. 이는 지속적인 수면에 방해가 될 뿐만 아니라 세포 재생작업에 차질을 주는데 백열등보다 형광등의 영향이 훨씬 크다는 것이다.

10시 전에 잠자리에 드는 습관을 들이기 위해 나는 9시 이후에는 최대한 컴퓨터와 휴대전화를 멀리하고 양치질과 세수를 마친 다음 조명을 어둡게 하고 서서히 잠에 들 준비를 한다. 11시가 되면 바로 조명을 껐는데 얼마나 철저히 단속했던지 아내는 그런 나를 '교도소장'이라고 불렀다.

하지만 이렇게 엄격하게 잠자는 습관을 들인 뒤 내 수면의 질은 눈에 띄게 개선됐다. 잠을 잘 자기 위해 내가 취했던 방법을 정리해보자면 다음과 같다.

첫째, 잠자기 전에 힘든 일을 하지 않는다.

둘째, 일을 마치는 시간을 미리 정해놓는다. 늦은 밤에 일을 더 하는 것보다 아침 일찍 일어나 일하는 것이 훨씬 효과적이다.

셋째, 매일 잠들고 일어나는 시간을 기록한다.

넷째, 잠을 이루지 못한다고 스트레스 받기보다 편한 마음을 갖는 것이 더 중요하다.

다섯째, 수면의 질이 시간보다 훨씬 중요하므로 스스로 편한 상태를 유지하도록 노력한다.

지금 나는 아무리 늦어도 11시에는 잠자리에 들어 새벽 5시쯤에 저절로 잠에서 깬다. 또한 낮에 짬을 내 30분에서 1시간 정도 낮잠을 청한다. 이렇게 하니 하루 종일 머리가 맑고 정신이 깨어 있게 됐다.

예전에 나는 수면에 정해진 양이 없다고 생각했다. 어떤 사람은 5시간만 자도 된다고 하고, 어떤 사람들은 7~9시간을 자야 된다고 하지만 사실 이 말은 절반만 옳다고 할 수 있다. 사람의 감각은 매우 정교하고 저마다 차이가 있기 때문에 정해진 수면 시간을 따지기보다는 자신의 몸에 물어보는 편이 낫다.

'지금 나는 피곤한가? 일어나서 눈이 반짝 떠지는가? 커피를 마셔야 정신을 차릴 수 있나?'

이런 질문에 대답해보면 잠이 부족한지 아닌지 스스로 알게 된다.

자신에게 맞는
스트레스 해소법을 찾아라

　운동하는 습관을 들인 후 나는 건강을 회복했을 뿐만 아니라 매일 좋은 기분을 유지할 수 있는 뜻밖의 수확을 얻었다. 뿐만 아니라 어떤 일을 보는 시야도 많이 넓어졌다. 최선을 다할 뿐 더 이상 무엇을 억지로 구하려 하지 않고 주어진 인연을 따르다 보니 스트레스도 사라졌다.

　예전에 어떤 이가 인터넷에 나에 대해 다음과 같은 글을 남겼다.

　'지나치게 완벽한 사람으로 24시간 내내 자신을 컨트롤하며 결코 화를 내거나 흐트러진 모습을 보이는 법이 없다. 그 많은 스트레스를 어디에 풀 수 있을까? 어느 각도에서 봐도 그는 물 한 방울 샐 틈이 없어 굉장히 비현실적으로 느껴진다.'

　고백하건대 그 글은 틀리지 않다. 나는 많은 시간과 정력을 들여

회사와 내 이미지를 지키기 위해 노력했다. 또한 명성에 집착했으며 어딘가에 잠복해 있을 위기를 걱정했다. 다만 내 스스로 그렇다는 것을 인식하지 못했을 뿐이다.

세계보건기구(WHO)는 건강에 대해 '신체와 정신뿐만 아니라 사회적으로도 온전한 상태'라고 정의한다. 다시 말해 기분이 즐겁고 몸에 활력이 충만하며 일과 생활, 인간관계에서 만족을 느낄 수 있어야 하는 것이다. 만약 인간관계가 원만하지 못해 부정적 정서가 생기고 여기에 신체적 권태감이나 불편함이 더해지면 건강에 문제가 있다는 신호다. 하지만 나는 효율을 중시한다는 명분 아래 몸과 정신이 보내는 신호를 모두 묵살해버렸다.

어쩌면 내 증상이 그리 분명하지 않아 경각심을 자각하지 못한 것일 수도 있다. 몸이 피곤할 때는 잠깐 잠을 자면 나아졌고, 인간관계도 큰 문제가 없었으며 기분도 늘 좋은 편이라 어떤 부정적 정서도 느끼지 못했다. 심지어 아무리 바빠도 어떤 스트레스가 있다고 생각하지 않았다.

나중에야 알았지만 문제는 바로 여기에 있었다. 나는 스스로 정말 건강하다고 착각하고 있었던 것이다.

2009년에 처음으로 SNS를 시작했는데 그해에는 창신공장 일로 바빠 인터넷에서 많은 활동을 할 수 없었다. 하지만 2010년부터 2013년 9월까지 3년 동안 그 누구보다 열심히 SNS를 즐겼다. 얼마나 열심이었던지 24시간 내내 돌아가는 서버라고 불릴 정도였다. 이런 나를 두고 언론은 '오전, 오후, 밤중, 사무실, 차 안, 집 안 가릴 것 없이 그는 스스로 서버가 돼 메일을 주고받으며 웨이보에 글을 올려 자신의 뇌와 이 세상을 연결시킨다'라고 표현했다. 나는 웨이보에서 각종 설전을 벌여 상대를 조롱하거나 공격하고 나 또한 조롱받고 공격당했다. 그러므로 내 인간관계는 결코 원만하지 않았던 셈이다.

가장 심각한 문제는 마음속에 부정적 에너지가 이렇게나 가득 차 있는데도 나 스스로 느끼지 못했다는 것이다. 예전에 나는 스트레스란 고통에서 비롯된다고 줄곧 믿고 있었다. 하지만 사람이 느끼는 '희로애락애오욕'의 모든 감정이 정서적 스트레스를 만든다는 사실을 뒤늦게야 알았다.

어떤 일에 흥이 날 때나 생각에 몰두할 때, 우리는 그 일을 좋아서 하기 때문에 그런 감정도 좋다고 생각하며 그것이 스트레스임을 눈치채지 못한다.

이를테면 나는 강연을 할 때 어떤 스트레스도 없는 줄 알았지만 사실은 매우 긴장하고 있었다. 어떻게 내 뜻을 분명히 표현하고 다른 사람들의 질문에 대답할지 고민해야 했기 때문이다.

스트레스가 있는지를 확인하는 방법은 매우 간단하다. 쉽게 잠들 수 없는가? 머릿속에 항상 어떤 화제가 뱅뱅 돌고 있는가? 한밤중에 잠에서 깨어나는가? 종종 알 수 없는 걱정이나 후회, 우울감이 있는가? 나는 늘 그랬다.

이렇게 스트레스가 있는지를 확인하고 나면 자신에게 적합하고 실천이 가능한 스트레스 해소법을 찾아야 한다. 운동, 등산, 대뇌를 비우는 연습하기, 아무 생각도 하지 않기, 자연으로 나가 걷기, 빛이 없는 곳에서 별 보기, 꽃과 나무의 향기 맡기 등은 스트레스에 큰 효과가 있다. 혹은 그림 그리기나 촬영, 요리 등의 창의적인 활동, 음악을 듣거나 영화를 보는 등의 여가 활동도 좋다.

스트레스를 해소하면 몸이 반드시 반응하게 되어 있다. 그러므로 이런 방법을 잘 실천해 몸과 마음을 가볍게 하는 것이야말로 오랫동안 건강을 유지하는 비결이라 할 수 있다.

마지막으로 내가 체험한 '걱정에 대처하는 다섯 가지 비결'을 소개하겠다.

첫째, 건강한 식사하기 – 기분을 바꿀 때는 정크푸드보다 채소나 과일, 잡곡이 더 효과적이다.

둘째, 커피 적게 마시기 – 커피를 과다 섭취하면 행복호르몬인 세로토닌을 무력화시켜 기분이 더 나빠진다.

셋째, 신체 단련하기 – 운동을 하면 뇌에서 엔도르핀이 나와 스트레스 해소는 물론 머리를 맑게 유지하는 데 도움이 된다.

넷째, 계획 세우기 – 어떤 일을 하든 정보를 먼저 수집하고 대응할 수 있는 계획을 미리 세워둔다.

다섯째, 감사하는 마음 갖기 – 항상 감사한 일을 생각하며 적극적이고 긍정적인 마음가짐을 유지한다.

이것은 어디까지나 내 경험이므로 꼭 여기에 맞출 필요는 없다. 그보다는 자신에게 가장 잘 맞고 부담 없는 방법을 찾아 스스로 개척하는 편이 좋다. 앞서 말했듯 내 몸에 대해 가장 잘 아는 사람은 나 자신이기 때문이다.

긍정 에너지는 어떤 약보다
효과가 뛰어나다

"질병과 마주했을 때 긍정적인 에너지는 가장 효과적인 약이다. 병의 통증이 가장 좋아하는 것이 걱정이며 가장 두려워하는 것이 평화다." _성운대사

암치료를 무사히 마치고 난 뒤 많은 사람, 특히 환자들이 이메일을 통해 투병하는 동안의 심정에 대해 조언을 구했다.

발병 초기 나는 앞날에 대한 불안감으로 극도의 불안과 두려움에 빠져 있었다. 하지만 아내 셴링은 오히려 꿋꿋한 모습을 보이며 내게 말하곤 했다. "당신은 아무 일도 없을 거야!"

그 덕분인지 항암화학요법을 받고 요양을 하는 동안 몸은 점점 좋아졌다. 나중에 아내에게 물었다. "내가 그냥 떠날까봐 걱정도 안

됐어?"

그녀는 커다란 눈을 깜빡거리며 말했다. "걱정됐지. 얼마나 무서웠다고요. 근데 당신이 그렇게 긴장하고 힘들어하는데 나라도 꿋꿋하지 않으면 어떡해요. 우리 집이 다 무너지는 거잖아요."

처음부터 아내가 그렇게 굳건하게 믿어준 덕에 내 회복속도는 예상보다 훨씬 빨랐다.

성운대사의 말처럼 긍정적 에너지는 가장 효과적인 약이다. 긍정적인 에너지를 축적하려면 좋아하는 일을 많이 하고 항상 희망적으로 이야기하며 밝은 기운을 가진 사람들을 더 많이 만나야 한다. 믿을 만한 긍정적인 소식을 들었을 때 우리의 몸은 오묘한 방법으로 스스로를 회복시킨다.

쉬운 예로 헨리 비처가 제시한 '위약효과'가 그렇다. 2차 세계대전 당시 비처는 군의관이었는데 한 번은 수술을 하다 마취제가 다 떨어지고 말았다. 마취제 대신 생리식염수를 쓰며 부상자를 안심시켰는데, 이런 상황을 몰랐던 부상자는 놀랍게도 식염수 주사를 맞은 뒤 신음을 멈췄다. 그는 전쟁이 끝난 뒤 이 특별한 경험을 바탕으로 그 유명한 논문 〈강력한 위약〉을 발표했다.

그의 주장에 따르면 병에 걸린 사람이 위약을 복용하면 편한 마음가짐과 자기 암시 때문에 몸에서 증상을 완화시키는 물질이 분비돼 치료 효과를 발휘한다는 것이다. 이때 환자가 의사에 대한 신뢰가 클수록 호전 효과는 더 분명해진다고 한다.

이 논문이 발표된 뒤 가장 큰 영향을 받은 곳이 바로 제약회사들이다. 오늘날 제약회사들은 신약을 개발할 때 위약을 사용해 대조 실험을 진행한다. 신약을 복용한 팀이 위약을 복용한 팀보다 증상이 훨씬 더 나아져야 신약이 효과가 있다고 결론짓는 것이다.

어떤 일이 이루어질 거라고 굳게 믿으면 효과가 있다고 하지 않던가. 당신이 진심으로 믿으면 과학으로는 설명할 수 없는 어떤 전기(轉機)가 나타나 긍정적인 효과를 발휘할 수도 있다.

사실 우리는 인체의 신비에 대해 거의 모른다. 따라서 몸에 일어나는 모든 현상을 인간이 지닌 지식으로 설명할 수 없다. 하지만 그 원리에 대해 잘 알지 못한다 해도 별 상관이 없다. 믿음의 효과를 믿고 이를 긍정적으로 활용하면 되기 때문이다.

긍정적 사고는 '끌어당김의 법칙'과 비슷하다. 이 법칙에 따르면 우리가 생각하는 모든 일이나 말은 몸에게 암시를 준다. 긍정적인 생각은 긍정적인 효과를 불러오며 반대의 상황도 마찬가지다.

그러므로 우리는 불평하는 마음 대신 감사하는 마음을 가져야만 한다. 주의할 점은 가지고 있는 것에 집중하되 없거나 잃어버린 것에 신경 쓰면 안 된다는 것이다. 이를 위해 내가 취했던 방법은 다음과 같다.

첫째, 나 자신을 믿고 항상 긍정적으로 이야기했다.

암치료 중 가장 힘들었던 시기가 바로 암을 막 발견했던 때다. 그러나 다행히도 내게는 긍정적인 에너지가 넘치는 친구가 여럿 있었고, 그들을 통해 신뢰할 만한 의료진을 만날 수 있었다. 주치의는 내가 안심하고 병의 치료에 임하도록 도와줬으며 이성적인 조언으로 내가 읽어볼 만한 논문을 일러주기도 했다. 덕분에 나는 림프종에 대해 많은 공부를 할 수 있었고 림프종의 생존율이 비교적 높다는 사실을 알게 됐으며 스스로 힘을 낼 수 있었다.

그렇게 스스로에 대한 믿음을 키우면서 암을 이겨낼 수 있다는 걸 입으로 자주 표현했다. 긍정적인 말을 자주 하니 생각도 긍정적으로 바뀌는 것을 몸소 체험했다. 특히 나와 같은 병을 앓고 있는 사람에게 내가 직접 확인한 긍정적인 치료 사례를 많이 알려주었고, 그들 역시 비슷한 효과를 봤다.

한 의사는 평소의 기분과 함께 나을 수 있다는 믿음이 병세에 큰 영향을 미친다고 강조했다. 특히 아픔이 심할 때는 자신의 몸과 대화를 나누는 것이 중요하다고 했는데, 그동안 몸에 잘 못해준 것에 대해 참회하면서 앞으로 개과천선할 것을 약속해 몸을 위한 생존 환경을 만들어주라고 조언했다.

이 말이 그럴듯하다고 느껴진다면 한번 시도해보라. 참선을 하든 좌선을 하든 자신의 몸과 대화하며 현재의 치료법이 도움이 된다고 믿으면 실제로 효과가 나타나게 마련이다.

둘째, 좋아하는 일을 더 많이 했다.

사람은 몸이 약해지면 쓸데없는 생각을 많이 하게 된다. 하지만 좋아하는 일, 마음을 즐겁게 하는 행동을 많이 하면 할수록 걱정이 사라진다. 이를테면 즐거운 마음으로 크게 웃는 것은 정말 만병통치약이다. 여러 행동학자들이 이에 대해 동의했으며 낙천적이고 명랑한 마음가짐이 행운과 건강을 가져온다고 조언했다.

나는 치료하는 동안 온갖 의무를 내려놓고 마음이 편해지는 일, 진심에서 웃음이 나오는 일을 일부러 행했다. 워낙 습관이 들지 않은 탓에 처음엔 힘들었지만 한번 맛을 들인 후 마치 도미노처럼 저절로 즐거운 일을 찾게 됐다. 그것이 기분 전환은 물론 암을 이겨내려는 의지를 북돋우는 데 큰 도움이 됐다.

이렇듯 좋아하는 음악을 듣거나 영화를 보는 등 자신이 좋아하는 일에 공을 들이면 웃음과 기쁨이 당신의 생활에 자리 잡을 뿐만 아니라, 삶의 아름다움과 감사를 느낄 수 있게 된다.

셋째, 긍정적인 에너지를 가진 사람과 많이 접촉했다.

다행히도 내 가족과 친구들은 하나같이 긍정적이다. 그리고 병을 겪으며 긍정적인 새로운 친구를 많이 알게 됐다. 그중 한 친구는 나를 만날 때마다 입버릇처럼 말하곤 했다.

"먼저 자신을 바꿔 스스로 잔물결의 중심이 돼야 하네. 긍정적인 사람으로 스스로를 탈바꿈하면 그것이 잔물 효과를 일으켜 결국 이 세상도 바꿀 수 있으니까."

한번은 그와 림프종에 대해 이야기하다 "일종의 따끔한 경고랄까? 이 병은 내게 스승이 됐다네"라고 말했더니 그가 이렇게 대답했다.

"아니, 카이푸. 병은 일종의 '위장된 축복'이라네. 림프종은 자네에게 나 같은 새로운 친구를 알게 해줬지. 또 가족과 더 많은 시간을 보내며 서로 똘똘 뭉칠 수 있게 되지 않았나. 뿐만 아니라 예전에 했던 일에서 떠나 과거와 거리를 두면서 더 멀리, 더 깊게 볼 수 있게 됐잖아."

그의 말을 듣고 이 병이 내게 찾아올 만한 가치가 있었다고 생각하게 됐다.

긍정적 에너지는 저축과 같아서 언젠가 큰 위기가 닥쳤을 때 그무엇과도 비교할 수 없는 용기가 되어준다. 이를 믿고 조금씩 축적하다 보면 견디기 힘든 고통에 직면했을 때 이를 이겨낼 길을 찾아줄 것이다.

절망이 깊을수록
유머감각을 곁에 둬야 한다

작은 딸 더팅이 이런 말을 한 적이 있다. "미소를 한 번 지으면 열일곱 개의 근육이 당겨진대요. 근데 인상을 잔뜩 찡그리면 적어도 마흔세 개의 근육이 당겨진대. 아빠는 어떤 걸 선택할 거예요?" 이 이야기를 들은 한 친구가 우스갯소리로 말했다.

"팔을 들어 뺨을 한 대 때리면 여덟 개의 근육만 당기는데."

사실 나는 늘 유머가 우리 집안의 가풍이라고 생각했다. 장난기 많은 내 천성은 어렸을 때부터 수시로 드러났는데 나중에 미국의 자유로운 환경에서 살게 되면서 마음껏 발휘됐다.

페이스북에는 번역기능이 있어서 미국 친구들도 중국어로 쓴 내 글을 읽을 수 있다. 한 번은 내가 중학교 영어에 대한 이야기를 페이스북에 올렸는데 오랫동안 연락이 닿지 않았던 중학교 동창이

나조차 잊고 있었던 사건을 글로 남겼다.

'그때 우리 학교는 미션스쿨이었는데 한 선생님이 카이푸에게 수업 중에 중국어를 가르쳐보라고 시키셨다. 그러자 카이푸는 수녀이셨던 선생님이 신경 쓰지 않는 틈을 타서 아이들에게 삼자경(三字經, 중국에서 아이들에게 글자를 가르칠 때 사용하는 교과서로 유교적 입장에서 풀이한 글이 많다-옮긴이)을 가르쳤다.'

그 장난으로 엄청나게 혼났던 나는 일부러 그 일을 잊고 살았던 모양이다. 하지만 사람은 쉽게 변하지 않는다고, 내 유전자 속에 깊이 박혀 있는 고질병은 쉽게 고쳐지지 않았다. 어른이 된 뒤에는 조심하려고 애썼으나 기회만 있으면 못된 생각이 떠올라 딱 욕먹지 않을 정도로 장난을 치곤했다.

대학 때였던 것으로 기억하는데 한 친구가 어떤 숙제를 하려다 힘이 들자 내게 도움을 청했다. 나는 일부러 거절하는 척하며 친구가 컴퓨터를 켜기를 기다렸다. 그 친구가 컴퓨터와 씨름을 하고 있을 때 모니터에 '컴퓨터 고장'이란 글이 떴다.

하지만 수업시간에 쫓긴 친구는 어떻게든 숙제를 작성하려 아등바등했고 간신히 절반쯤 쓴 뒤 저장 버튼을 눌렀다. 그러자 컴퓨터 모니터에 다시 '컴퓨터 고장. 당신의 파일이 모두 삭제됐습니다'란 글이 떴다. 화가 머리끝까지 난 친구가 자리를 뜨려 할 때 모니터에 다시 글이 떴다. '바보, 숙제는 이미 내가 해서 네 서랍에 넣어두었

음. 카이푸.'

이 친구와 나는 이 일로 더 친해졌으며 지금도 한결같이 가깝게
지내고 있다.

세상에서 가장 짓궂은 아빠

예일대학의 연구에 따르면 웃음의 감염력은 다른 모든 감정을 넘
어선다고 한다. 사람은 누군가 웃으면 반사를 하듯 미소로 답하게
되며 큰 웃음은 훨씬 빨리 가벼운 분위기를 만든다. 뿐만 아니라 서
로에 대한 신뢰를 촉진하고 영감에 불을 지핀다. 가장 좋은 건 사람
과 사람 사이에 벽을 허문다는 것이다.

사회적인 이미지가 아직 남아서인지 여전히 회사 직원들이 처음
에는 나를 어려워한다. 하지만 요새 들어 내 장난기는 더 심해졌고,
그 때문인지 직원들은 점차 업무 외의 사소한 일도 나와 함께 나누
려고 한다.

한번은 직원회의에서 젊은 남자 직원 하나가 내게 투덜거렸다.
"아내가 아기를 낳았는데 내가 아빠 노릇을 잘 못한다고 자꾸 나무
라네요."

위로하듯 내가 말했다.

"염려 말게. 해결법을 알려주지."

몸을 바싹 당겨 앉으며 무슨 비결이 있는지 들으려는 그 친구에게 나는 짐짓 무슨 비밀이라도 되는 것처럼 말했다.

"와이프가 아기에게 젖을 먹일 때 한껏 억울한 것처럼 말하는 거야. '나도 한밤중에 일어나서 아기 젖을 주고 싶은데 이 몸이 조건이 돼야 말이지' 하고."

암에서 회복된 뒤 한 언론매체에서 나를 인터뷰했는데, 그때 나는 이렇게 묘사됐다.

'리카이푸가 인생을 대하는 태도에는 짓궂고 천진난만한 모습이 숨어 있는데, 병으로 인한 아픔을 겪고 난 뒤에는 그런 점이 더 두드러졌다. 그에게서는 심지어 온화하고 침착한 기품이 발견된다.'

컴퓨터 서버 같다는 그전의 묘사가 이렇게 바뀐 것이다.

요새 나는 두 딸과 아내를 대할 때에도 짓궂고 장난기 많은 성격을 발휘해 수시로 장난 전화를 걸거나 우스꽝스러운 사진을 찍어대곤 한다. 언젠가는 두 딸과 짜고 아내가 다른 일을 하는 틈에 휴대전화를 훔쳐 그녀의 친구들에게 엉뚱한 메시지를 보냈다. 장난을 친 며칠 뒤 아내의 친구가 전화로 아내에게 물었다.

"너 참 할 일도 없다. 무슨 그런 메시지를 보내니?"

영문을 모른 셴링은 휴대전화를 확인하고 깜짝 놀랐다.

'너 엉덩이 진짜 크다!'

더팅은 장난을 좋아하는 나를 보며 농담 반 진담 반으로 말했다.

"아빠는 아마 세계에서 딸들을 데리고 장난 전화를 하는 유일한 아빠일 거야!"

피가 튀어도 막을 수 없는 사진 촬영

이런 짓궂은 장난이 부작용을 일으킬 때도 있다.

항암치료 뒤 암세포가 깨끗이 사라졌다는 확진을 받고 조혈모세포를 채취해 냉동 배양하기로 한 전날이었다. 나는 미리 사타구니 쪽에 카테터(catheter)를 삽입해 바로 조혈모세포를 채취할 수 있도록 준비해놓았다. 당시 다섯째 누나와 매형, 아내 셴링은 병실 밖 응접실에서 기다리고 있었고 국부 마취를 한 나는 병상에 누운 채 잠들어 있었다.

한참 잠에 취해 있다가 뭔가 이상한 느낌을 받아 눈을 떴는데 아랫도리가 온통 피로 젖어 있었다. 깜짝 놀란 나는 큰소리로 비명을 지르며 외쳤다.

"피가 튀고 있어! 여기 좀 빨리 와봐!"

그런데 뜻밖에도 아무도 병실 안을 들여다보지 않았다. 아니, 오히려 밖에서는 깔깔거리는 웃음소리만 들려올 뿐이었다. 피는 계속 흘러나왔고 환자복 바지는 물론 침대 시트까지 벌겋게 물들어버렸다. 나는 손으로 있는 힘껏 상처 부위를 누르며 더 크고 처량한 목소리로 가족들을 불렀다.

"사람 살려! 정말 피가 철철 난다니까!"

하지만 아내 셴링은 태연한 목소리로 밖에서 말했다.

"고모, 우리 저 사람 상대도 하지 마요. 저렇게 하루 종일 장난칠 궁리만 한다니까."

"진짜라니까! 제발 좀 와봐. 이번엔 진짜야!"

다급한 마음에 금방이라도 눈물이 쏟아질 것 같았다.

세 사람은 공포에 질린 내 비명이 몇 분 동안 이어진 뒤에야 문을 열고 들어왔다. 피범벅이 된 내 모습을 본 셴링은 깜짝 놀라 의료진을 찾으러 밖으로 뛰쳐나갔고, 다섯째 누나와 매형도 정신없이 휴지를 뽑아오고 수건을 가져왔다.

의료진이 서둘러 병실로 들어섰을 때 비로소 긴장과 공포에서 조금씩 벗어날 수 있었다. 처치를 받기 전 아내에게 외쳤다.

"빨리 사진 좀 찍어줘!"

아내는 눈을 동그랗게 뜨며 말했다.

"여보! 지금 이 상황에서 무슨 사진을 찍어요?"

그사이 의료진이 모두 달려들어 내 몸에 감긴 가제를 떼어내고 아까 전에 삽입한 카테터를 다시 정리해줬다. 그렇게 역사적 장면을 찍을 기회는 날아가고 말았다! 분주하던 병실은 곧 잠잠해졌고 당직 간호사만 남아 뒤처리를 하게 됐다. 간호사가 바쁘게 병실을 정리하면서 물었다.

"리카이푸 선생님이 한참 소리를 지르셨는데 아무도 안 와보셨다면서요?"

"누가 아니랍니까? 이렇게 흉악한 사람들이 어디 있습니까? 사람이 죽는다는데 수다만 떨고 있더라고요."

나는 누가 대꾸하기 전에 얼른 대답을 가로챘다.

"평소에 워낙 장난이 심해야 말이죠."

다섯째 누나는 지지 않고 목소리를 높였다.

"양치기 소년이 어떻게 됐니? 결국에는 잡아먹혔잖아!"

"만날 사람을 놀라게 하니 진짜로 아픈 건지 어떻게 알아요?"

아내도 그렇게 말하며 내게 눈을 흘겼다.

내 재난이 그들에게 묵은 빚을 털어낼 기회가 되다니 어이가 없었다. 하지만 사실 아내와 누나가 불만을 잔뜩 털어놔도 할 말이 없는 것이 나는 어려서부터 사람들을 골리는 데 도가 튼 장난꾸러기였다. 이번 재난은 어찌 보면 그동안 내가 저지른 잘못 때문에 일어난 것으로 두 사람을 탓할 수 없는 일이었다.

어찌 됐든 병상에 누워 농담도 하고 장난도 칠 정도가 됐다는 건 내 병이 많이 좋아졌다는 뜻이었다. 적어도 유머감각 넘치고 장난치기 좋아하던 내 본모습을 찾은 것이다.

이렇게 몸으로 부딪치며 질병과 싸우다 보니 나는 유머감각이야말로 내가 가진 가장 날카로운 보검이란 것을 확신하게 됐다. 앞으로도 나는 내 몸을 지키기 위해 이 유머감각을 늘 곁에 두려 한다. 이렇게 나는 즐기는 태도로 모든 도전에 맞설 것이다.

　세상 모든 게 인생이란 놀이공원에서 고를 수 있는 놀이라면 우리는 분명 신나고 즐겁게 끝까지 놀아야 할 것이다.
　내 치료와 건강회복이 이렇게 순조로울 수 있었던 건 의료진의 헌신적인 치료와 가족들의 정성 어린 보살핌 외에도, 타고난 낙천적 성격과 유머감각이 한몫을 했다고 생각한다. 삶과 죽음의 갈림길에 섰을 때, 목숨이 경각에 달렸을 때 유머감각은 곤경에서 벗어나게 하는 명약이 돼줄 것이다.

5장

생의 마지막 순간을
함께하고 싶은 사람들

이 책을 쓰는 동안 모교의 전임 학장과 신임 학장을 만나
함께 저녁식사를 한 적이 있다. 갓 쉰 살이 된 신임 학장은 자신만만한
태도로 자신의 임기 중에 학생 수와 학교 운영 예산을 늘리겠다고
말했다. 이야기를 듣고 있던 일흔 살의 전임 학장은
불쑥 그에게 물었다. "자네 아이들이 몇 살인가?"
"열 살과 열다섯 살입니다."
신임 학장의 대답에 전임 학장이 다시 물었다.
"자네는 아이들과 얼마나 시간을 보내나?"
"예전에는 매주 일요일은 함께 보냈는데 이제 학장이 됐으니
그것도 어렵겠죠."
그 말을 들은 전임 학장이 말했다.
"그러지 말고 아이들과 더 많은 시간을 보내게. 내가 학장이 됐을 때
우리 아이들은 열몇 살, 스물몇 살이었는데 나는 바쁘다는 핑계로
아이들과 가깝게 지내지 못했네. 지금 그 애들이 마흔이 넘었는데
보고 싶어도 얼굴 한 번 마주하기가 어렵다네.
아이들은 순식간에 자라고, 어린 시절은 다시는 돌아오지 않지.

그때를 놓치고 나면 평생 후회하게 된다네."

그들의 이야기를 한쪽에서 듣고 있던 나는 가슴이 저렸다.

아프기 전의 나는 신임 학장처럼 일을 좇느라 바빴다.

그러다 암에 걸린 사실을 알았을 때 이런 생각을 했다.

'아이들이 다 자라 대학까지 마치고 나면 나와 보낼 수 있는 시간이

얼마나 될까?'

만약 아이들이 외지에 살게 된다면 잘해야 1년에 일주일 정도

만날 수 있을 것이다. 나와 아내가 30년을 더 산다고 해도

30주밖에 만날 수 없다는 뜻이다. 만약 병세가 위중해져

이대로 세상을 떠난다면 큰애는 겨우 한두 번밖에 못 볼 수도 있다.

아니, 내 몸이 좋아진다고 해도 아이들이 일을 시작하거나

함께 살 남자가 미국에 있다면 가족이 함께 모일 수 있는 시간은

1년에 1~2주 정도뿐일 것이다.

이제 나는 지난날의 실수를 다시는 반복하고 싶지 않다.

나처럼 모든 것을 잃어버릴 뻔했던 기억이 없는 사람들은

이 조급한 마음을 이해하지 못할 것이다.

기억 속 아버지와
내가 되고 싶은 아버지

돌이켜 생각하면 아버지께 있던 중국인 특유의 콤플렉스는 조용히 내 인생에 스며들어 적지 않은 영향을 미쳤다.

내 위로는 형 하나와 누나 다섯이 있는데 아버지는 쉰이 넘어 뒤늦게 나를 얻었다. 하지만 나는 아버지로부터 특별한 사랑을 느껴보지 못했다. 기억 속의 아버지는 늘 책상 앞에서 붓으로 글을 쓰고 계셨는데 그 모습이 마치 성실하고 우직한 늙은 소처럼 느껴졌다.

사실 아버지는 항상 나와 가까워지려고 애쓰셨다. 등굣길을 종종 따라나서곤 하셨는데 함께 걸으면서도 딱히 별 말씀이 없었다. 어린 나는 이리저리 폴짝거리며 돌맹이를 차고 노느라 정신이 없었다. 또 아버지는 내가 영화를 좋아하는 걸 아시고 직접 영화를 골라서 같이 보러 가셨다. 하지만 안타깝게도 아버지가 고른 영화는 내가 전혀 좋아하지 않는 것들이었다.

열한 살에 미국으로 가면서 아버지와 함께할 수 있는 기회는 더욱 줄었다. 어머니는 7~8년 동안 매년 미국에 오셔서 6개월을 나와 함께 계셨다. 어머니의 사랑은 아버지에 비해 훨씬 분명하고 직접적이었다. 그래서인지 성장하는 동안 어머니에게 깊이 의지했고 아버지에 대해서는 존경심은 있지만 멀게 느껴졌다.

하지만 나이가 들고 나 역시 아버지가 되면서 비로소 그분의 교육방식이 얼마나 깊이 있고 완곡했는지 깨달았다. 아버지는 좀처럼 화를 내지도 말을 많이 하지도 않으셨지만, 그 모습이나 행동은 긴 세월을 흘러온 물줄기처럼 내 삶에 스며들었다.

아버지는 평생 고향을 그리워하셨는데 유일하게 보는 TV 프로그램도 중국의 여러 고장을 소개하는 다큐멘터리였다. 말년에는 고향 노래만 들어도 슬픔을 못 이긴 채 가슴을 치셨다.

아버지는 돌아가시기 5년 전에 마침내 고향 쓰촨으로 돌아가 할머니 무덤 앞에 설 수 있었는데 서러움에 눈물을 펑펑 흘리셨다. 다시 대만으로 돌아오기 전날 밤, 아버지는 고향 땅에서 난 금석으로 만든 인장을 우리에게 보여주셨다. 거기에는 '어려서 집을 떠나 늙어서 돌아오다'라는 글이 새겨져 있었고, 아버지는 차마 입을 떼지 못하고 또 눈물을 흘리셨다. 그제야 나는 아버지가 오랫동안 가슴에 숨겨온 정과 평생 간절히 품고 있던 고향에 대한 그리움이 무엇인지 알 수 있었다.

아버지가 병상에 누워 다시 일어나지 못하시게 됐을 때 우리는 아직 이루지 못한 꿈이 없느냐고 여쭤봤다. 아버지는 '중국인의 미래를 위한 희망'이란 주제로 책을 쓰고 싶다고 하셨다. 또한 병중에 물가에서 종이 한 장을 줍는 꿈을 꾸셨는데 거기에는 '중화지련(中華之戀)'이라고 쓰여 있었다고 한다.

국가를 위해 책임을 다하다

마이크로소프트와 구글에서 일하던 내가 중국에 돌아가려고 하자 많은 사람이 의아하게 생각했다. 그들에게 나는 "아버지의 마지막 소원이 막내아들이 고국에 돌아가 나라에 공헌을 하는 것이었다"라고 말했다.

나라에 대한 아버지의 사랑은 우리 세대는 쉽게 이해할 수 없는 것이다. 아버지가 돌아가신 뒤 다섯째 누나는 아버지의 기일에 '나의 아버지 리텐민'이란 긴 추도문을 읽었다. 아버지가 일평생 나라와 민족을 위해 얼마나 많은 힘을 쏟았는지를 듣고 있자니 아버지 세대가 그 어려운 시절 속에서도 지켜낸 고국에 대한 정이 무엇인지 점차 이해하게 됐다.

사실 나라에 대한 내 마음은 아버지처럼 깊지 않다. 아버지가 평생 겪어 온 고달픈 세상살이를 겪어보지 못했을뿐더러 미국의 개방적이고 자유로운 환경에서 자랐기 때문이다. 그래서 나는 그 험난한 시대에 큰 이상을 품었던 한 지식인이 국가와 사회를 위해 공헌하는 것을 소명으로 여기면서도 정작 본인의 생사나 영광쯤은 대수롭게 여기지 않는 모습을 이해할 수 없었다. 하지만 나는 아버지에게서 그런 인생을 보았다.

열세 살에 군대에 들어간 아버지는 큰 꿈을 품고 공부에 매진하던 성실한 사람이었다. 이런 아버지를 위해 고향 종친들은 돈을 모아 유학을 갈 수 있게 해줬다.

아버지는 1947년 대만에서 새로운 헌법이 시행된 뒤 입법위원 선거에 당선되셨다. 하지만 곧 관료문화에 염증을 느끼고 중국근대사 연구에 모든 정력을 쏟으셨다. 1984년부터는 대만정치대학 국제관계연구소의 요청으로 석사반에 중국공산당사 과목을 개설하고 돌아가시던 해 3월까지 교직에 계셨다.

아버지는 매우 겸손하고 온화한 분으로 학생들을 무척 아끼셨다. 본인은 무척 검소한 편이었지만 학생들을 좋은 커피숍에 데려가 케이크나 커피를 먹이며 연구 자료에 대해 토론하곤 하셨다. 당시 이런 커피나 디저트 값은 우리 가족의 하루 식사비용과 맞먹을 만큼 비쌌다. 내가 어쩌다가 미국에서 돌아와도 아버지는 학생들을 만나러 가고 없으실 때가 많았다.

나중에 아버지가 돌아가신 뒤 아버지의 몇몇 제자와 이야기를 나누게 됐는데 그들은 하나같이 굵은 눈물을 흘리며 말했다.

"교수님이 얼마나 학술 연구에 열정을 쏟으셨는데요. 젊은 후배들도 물심양면으로 돌봐주셨죠. 제가 중국근대사 연구에 투신하게 된 것도 교수님 덕입니다."

아버지는 중국공산당사 연구의 중요한 권위자로 중국근대사를 장식한 정치인들에 관한 책을 출판하기도 했다. 그중에는 영어와 일어로 출판된 것도 있다. 홍콩에서 출판된 아버지의 책들은 많이 팔리지는 않았지만 중국에서 해적판이 나올 정도였던 걸 보면 아버지의 관점이 대만과 중국의 당파를 초월한 것이었던 모양이다.

아버지의 좋은 친구이자 하버드대학 옌칭도서관 관장이었던 우원진 선생은 아버지를 다음과 같이 표현했다.

"그의 글에는 의미 없고 형식적인 내용이 하나도 없었다네. 어떤 논리를 세울 때 반드시 사실과 자료를 근거로 했지. 그 친구가 일어는 잘했지만 영어로 된 자료를 볼 때는 애를 먹었는데, 그것 때문에 얼마나 열심히 영어 공부를 했는지 나중에는 누가 보더라도 실력이 월등했다네. 그 모습을 보고 얼마나 감탄했는지 몰라."

아버지는 쉰 살을 훌쩍 넘긴 나이에 스탠퍼드대학 후버연구소에서 1년 동안 연수를 하기도 했다. 바로 그때 본격적으로 영어공부를 시작하셨는데 듣기, 말하기, 읽기, 쓰기 등 언어의 기초를 닦는 일에 최선을 다하셨다. 나는 줄곧 젊은 친구들에게 국제 감각을 강조하며 기회가 있다면 외국에 나가 유학을 하며 현지사회에 녹아들어야 한다고 조언하곤 했는데 이는 아버지의 관점을 그대로 따른 것이었다.

아버지는 항상 나라와 민족을 마음에 품고 있었지만, 지금 이 시대의 인재들은 고국을 떠나 선진화된 교육체계에서 이국문화를 받아들여야 한다고 말하곤 하셨다. 그래야만 재능을 꽃피우고 시야를 넓혀 나라와 사회를 위해 이바지할 수 있기 때문이다. 나를 포함한 자식 대부분을 외국에 선뜻 보낸 것도 그런 이유에서였다.

관용이 있으면 덕이 넓어지고,
바라는 것이 없으면 성품이 고상해진다

아버지는 평생 청렴하고 겸손하게 사신 분으로 우리 자식들은 한 번도 아버지의 입에서 나쁜 말이 나오는 걸 본 적이 없다. 심지어 임종 직전까지도 간병인에게 고맙다는 말을 자주 하셨다.

한번은 병중에 계신 아버지께 살면서 가장 즐거웠던 일이 뭐였냐고 여쭤봤다. 맛있는 음식을 먹거나 여행을 갔던 일이 아닐까 예상했지만 뜻밖에도 아버지는 망설임 없이 공부를 한 것이라고 말씀하셨다. 다시 아버지께 평생에 가장 위로가 된 것은 무엇이었냐고 물었다. 일생동안 공들인 연구가 답일 것이라 생각했지만 아버지는 "너희 일곱이란다"라고 말씀하셨다. 그 순간 눈물을 펑펑 쏟고 말았다.

아버지는 국학대사로 유명한 첸무 선생과 빈번한 교제를 하셨는데 새해를 맞으면 늘 찾아 뵙고 가르침을 구했다. 첸무 선생이 아버지께 보내주신 '관용이 있으면 덕이 넓어지고, 바라는 것이 없으면 성품이 자연히 고상해진다'라는 붓글씨는 이제 아버지가 내게 남겨준 소중한 유산이 됐다.

첸무 선생과 아버지 시대의 지식인들은 내면의 굳은 의지에 기대어 세상의 온갖 어려움을 이겨내며 살았다. 그렇게 자신을 갈고 닦으면서 내면의 성품을 빛나게 한 것이다. 지난 수십 년 동안 '관용이 있으면 덕이 넓어지고, 바라는 것이 없으면 성품이 자연히 고상해진다'라는 말씀은 내 인생과 함께했다. 또한 삶의 굴곡을 지나 예전보다 더 높은 단계에 들어서면서 이 글에 대한 나의 깨달음도 달라졌다.

일찍이 나는 이 글이 황혼의 노인이 시시콜콜 떠들어대는 시대에 어울리지 않는 관념이라 생각했다. 하지만 어느 날 문득 '관용이 있으면' '바라는 것이 없으면'이란 말 속에서 인생의 변함없는 이치를 깨달았다. 그때 나는 산책을 하다 우연히 아버지의 위패를 모신 사찰로 발걸음을 옮겼는데, 뭔가 알 수 없는 힘이 나를 이끌어 아버지의 영전으로 데려다 준 것 같았다. 그런데 그 순간 갑자기 머리에 뭔가 번쩍하면서 그 글귀의 의미를 깨달은 것이다. 또한 지금까지 살아오면서 겪은 여러 어려움이나 림프종도 어떤 의미에서 서로 관련이 있는 게 아닌가 하는 생각을 하게 됐다.

끝없는 아버지의 사랑

병을 앓고 난 뒤, 아버지가 대학을 졸업한 내게 10년에 걸쳐 보낸 편지들을 다시 읽었다. 편지 하나하나마다 인생에 대한 조언이 담겨 있었다. 어떻게 해야 더 좋은 사람이 될 수 있는지, 가치가 없는 일에 매달려 바쁘게 살지 말라든지, 겸손한 사람이 되라든지, 절대로 교만하면 안 된다든지 등의 가르침이 빼곡하게 적혀 있었다.

아버지는 이 편지들을 통해 지극히 온화한 방법으로 자신의 사랑을 보여주셨지만 안타깝게도 나는 너무 늦게 그 사실을 깨달았다. 나는 나 자신이 옳은 길을 가고 있다고 굳게 믿었으며 아버지의 꿈을 이뤘다고 생각했다. 하지만 큰 병을 앓으면서 그 생각이 잘못됐다는 걸 깨달았다.

아버지와 나는 사이가 좋은 편이었지만 서로를 이해할 수 있는 기회는 없었다. 하지만 핏줄로 이어져 있기 때문일까? 아버지는 하늘에서도 내가 어느 순간 초심을 잃은 걸 보신 듯하다. 그러니 이렇게 내 몸에 큰 병을 만들어 나를 멈춰 서게 한 뒤 스스로를 되돌아보게 하신 것이 아닐까?

나는 늘 세상을 더 낫게 만들겠다고 말하곤 했지만 사실 사람들을 대함에 있어 수양이 매우 부족했다. 그런 내게 아버지는 단 한 번도 어떻게 살라고 강조하지 않았지만 당신의 삶을 통해 몸소 모범을 보이셨다. 인생의 여러 갈림길에서 아버지가 내게 보여주신 강한 용기는 결국 나로 하여금 중국으로 돌아와 젊은이들의 성장을 돕는 선택을 하는 좋은 자극제가 됐다.

지난날 스스로의 성취를 자랑스러워하던 나는 암에 걸리고 나서야 아버지의 영전에서 눈물로 참회하게 됐다. 나는 어째서 좀 더 일찍 아버지를 깊이 이해하지 못했을까? 남을 도울 때 무엇을 바라지도, 또한 자신을 내세우지도 않았던 아버지의 마음을 비로소 깨달은 것이다.

항암치료를 무사히 마치고 아버지의 위패 앞에 섰던 그날, 그분의 온화한 목소리가 내게 들려오는 것 같았다.

"앞으로는 네 자신에게 실망하지 않으면 좋겠구나."

그날 이후 나는 종종 혜제사에 들러 아버지와 대화하곤 했다. 때로는 아버지께 내가 건강을 회복해 새롭게 시작할 수 있게 해달라고 부탁하기도 했고, 때로는 아무 말도 없이 가만히 서서 한없는 아버지의 사랑을 느끼기도 했다.

이제 아버지를 다시 볼 수 없지만 나는 여전히 아버지가 내 안에 살아계심을 느낀다. 내가 아버지를 기억하며 그분의 뜻을 간직한 다면 적어도 실패하는 인생은 살지 않을 것이다. 그리고 나 역시 두 딸에게 그런 아버지이기를 바란다.

어머니를 통해 깨달은
사랑의 윤회

아침에 일찍 일어나니 창 너머로 찬란한 햇빛이 나를 반기고 있었다. 기분 좋게 방문을 열고 나가려니 아흔 살이 넘으신 어머니가 벌써 단정하게 옷을 차려입고 거실에 앉아계셨다.

나는 "어머니, 이렇게 일찍 일어나셨어요?"라고 너스레를 떨며 꼭 안아드린 다음, 곁에 바싹 붙어 앉아 어머니를 귀찮게 했다. 어머니가 이런 내 행동을 좋아한다는 걸 알고 있기 때문이다.

어머니는 깔깔거리며 "너 말 들을래, 안 들을래?" 하시고는 내 손을 잡아당기며 가볍게 때리셨다.

"잘 듣죠! 엄청 잘 듣죠!"

"너, 말 잘 안 들어. 얼굴 좀 대봐. 한 대 때려줘야겠다."

얼굴을 들이대자 어머니는 내게 입을 맞추셨다.

"어머니, 어머니가 가장 말을 잘 듣죠. 어머니는 세상에서 가장 말을 잘 듣는 아기예요" 하며 있는 힘껏 안아드리니, 어머니의 주름진 얼굴에 미소가 한가득 떠올랐다.

몇 년 전부터 치매를 앓고 있는 어머니는 지난 기억들을 잊어버린 채 만나는 사람마다 "너, 말 들을래 안 들을래?" "나는 말을 잘 들어 안 들어?"라는 말만 반복하셨다. 아마도 그 말이 어머니가 평생 동안 가장 마음에 둔 가치였던가 보다. 과거의 모든 것들을 서서히 잊어가면서도 이 말만은 잊지 않으신 걸 보면 말이다.

암 확진을 받고 타이베이로 돌아왔을 때 잠시 동안 어머니와 함께 대만대학 근처에 살게 됐다. 나는 정해진 시간에 맞춰 어머니와 대만대학 교정과 근처의 공원을 찾아 운동을 했다. 아이처럼 순수한 어머니의 미소를 보고 있노라면 암 때문에 몇 개월 동안 어머니 곁을 지킬 수 있게 된 것이 오히려 다행으로 느껴지기도 했다.

열한 살 때 미국으로 건너간 나는 어른이 되어서도 타향살이를 하느라 부모님께 효도를 다하지 못했다. 게다가 항상 일이 먼저였기에 휴가를 잘 내지도 않았다. 하지만 휴가철에는 짧게라도 꼭 대만에 돌아와 어머니를 뵀고, 그것이 내가 할 수 있는 효도의 최대치라고 생각했다.

하지만 아프고 난 뒤 깨달은 생명의 무상함은 제한된 시간 속에서 무엇이 더 중요하고 덜 중요한지 구별할 수 있게 해줬다. 그리고 그제야 비로소 지난날 내가 한 많은 일들이 '하는 척'에 불과했음을 깨달았다. 예전에 나는 어머니 곁에 앉아서도, 함께 밥을 먹으면서도, 카드 게임을 하면서도 일에 대한 걱정으로 가득했다. 조급한 마음에 수시로 시간을 확인했고 휴대전화를 만지작거리며 새로운 소식이 들어오지 않았는지 살폈다.

이제 와 깨달은 어머니의 사랑

어머니는 마흔세 살이 되던 해에 임신을 했다는 뜻밖의 소식을 듣고 나를 낳겠다고 고집을 부리셨다. 어머니께 나는 연달아 딸 넷을 낳은 뒤에 우연히 얻은 귀한 아들이었다. 나를 잘 키우려고 온갖 정성을 기울였고, 여러 자식 중 나를 위해 가장 많이 희생하셨다.

다섯 살 때 부모님께 더 이상 유치원을 다니지 않겠다고 말씀드린 적이 있다. 보통 부모라면 아이를 달래거나 다그쳤겠지만 우리 부모님은 그 문제의 결정을 내게 온전히 맡기며 시험에 합격하면 초등학교에 갈 수도 있다고 말씀하셨다. 그럴 경우 반에서 가장 어린 학생이 되어 또래 친구와 어울릴 수 없지만, 남들보다 더 빨리 공부하고 성장할 수 있다는 것도 설명해주셨다. 두 분 모두 어린 나를 믿고 무슨 일이든 스스로 결정하게 해주신 덕에 지금의 내가 있지 않나 싶다.

특히 어머니는 내 모든 면을 존중해주셨고 장난기 많은 행동도 너그럽게 이해해주셨다. 어렸을 때 나는 잠자리에 드는 게 아쉬울 만큼 노는 걸 좋아했는데, 하루는 집 안에 있는 시계들을 모두 한 시간씩 늦추면 어떨까 하는 기발한 생각이 떠올랐다. 그날 밤 나는 바라던 대로 한 시간을 더 놀고 즐겁게 잠이 들었다. 하지만 다음 날 아침 온 식구가 너 나 할 것 없이 한 시간 늦게 일어나고 말았다. 덕분에 식구들은 눈썹을 휘날리며 직장과 학교로 달려가야만 했다. 화가 잔뜩 난 누나들은 나를 가만히 두지 않겠다고 벼렀다.

하지만 어머니는 아이가 자라는 당연한 과정이라고 생각하신 듯 별로 혼내지 않으셨다. 심지어 엄격한 아버지 앞에서 "애가 똑똑하니까 그러는 거죠!"라며 내 편을 들기도 하셨다.

하지만 다른 한편으로 단 하나 용납하지 않으시는 점이 있었다. 내게서 교만한 구석이 보일라치면 어김없이 혼을 내셨다.

초등학교에 들어간 지 얼마 지나지 않아 한 아주머니가 우리 집에 놀러와 내게 물으셨다.

"성적은 잘 나오니?"

나는 자신만만하게 "저는 99점이 어떻게 생겼는지도 모르는 걸요"라고 말했다.

그렇게 허풍을 떤 다음, 며칠 뒤의 시험에서 뜻밖에도 90점을 받았다. 내 성적표를 보신 어머니는 한 마디 말씀도 없이 매를 드셨다.

"그렇게 잘난 척하면서 99점이 어떻게 생긴 건지도 모른다고 말했으면 항상 백 점을 맞아야지! 엄마가 이렇게 널 때리는 건 교만하고 잘난 척하는 나쁜 버릇을 고쳐야 된다는 뜻이야. 알겠니?"

가르침에 있어 엄격하고 노련했던 어머니는 투박한 옥을 갈고 다듬듯 정성을 다해 나를 훈육하셨다. 두 아이의 아버지가 되고 나서야 나는 어머니께 특별한 재능이 있었음을 깨달았다. 내 성격이 형성돼 갈 때쯤 어머니는 내게 품행과 예의, 충효와 성실이 무엇인지 가르쳐주셨고, 그런 와중에 무엇이 정말 즐겁고 마음을 따뜻하게 해주는지도 알려주셨다.

어머니, 당신이 없었더라면

어머니는 그렇게 아끼던 막내아들을 미국으로 보내셨다. 눈에 넣어도 아프지 않은 아들을 머나먼 곳으로 보낼 결심을 했으니 그 마음이 어땠을까.

하지만 어머니는 어린 나를 공항에 데려다 주면서 다른 말은 않고 일주일에 한 번 꼭 편지를 쓰라고만 당부하셨다. 뭔가 거창한 말씀을 하실 줄 알았는데 뜻밖의 소박한 바람에 흔쾌히 그러겠다고 고개를 끄덕였다.

당시 나는 돈을 아끼려고 편지지 대신 조금 더 저렴한 우편엽서에 편지를 썼다. 엽서마다 빽빽하게 글을 써 보내면 어머니가 틀린 글자에 동그라미를 치고 바른 글자를 써서 다시 보내주셨다. 지금 돌이켜보니 미국에서도 중국어와 고향을 잊지 않게 하려는 어머니만의 방법이었다.

어머니는 나를 돌보시려고 1년에 절반은 미국에 계셨다. 하지만 영어도 전혀 할 줄 모르고 운전도 못했기 때문에 하루 종일 집에만 갇혀 있어야 했다. 형과 형수, 나는 매일 아침 직장과 학교에 가야 했기에 집에는 어머니 혼자뿐이었다.

쉰이 넘은 나이에 말도 전혀 통하지 않는 나라에 와 친구들도 만나지 못하고 아침 일찍 일어나 음식을 하고 설거지를 하는 한 여자를 상상해보라. 어머니의 낙이라고는 학교를 마치고 집에 돌아온 나와 나누는 몇 마디 대화가 전부였다.

하지만 어머니는 내가 좌절할 때마다 환한 미소를 보여주셨다. 미국에서 공부하던 열한 살부터 열아홉 살 때까지 어머니는 매년 그렇게 내 곁을 지키셨다.

암에 걸리기 전까지 내 인생에서 가장 큰 위기는 마이크로소프트와의 소송이었다. 그들은 내가 쓴 '어떻게 중국에서 성공할 수 있는가?(如何在中國成功)'라는 글의 인용 자료가 자사의 내부 자료를 공개한 것이라며 나를 고발했다. 소송에서 패하면 중국으로 돌아가 일하겠다는 꿈도 깨지고 사업의 전망도 심각한 타격을 입을 수밖에 없었다.

상황은 매우 심각해 사방에 유언비어가 넘쳐 났다. 대부분 실제와 다른 거짓말이거나 있지도 않은 일이었지만 언론들은 제대로 검증도 하지 않은 채 자극적인 제목의 기사를 마음대로 내보냈다. 상황이 점점 악화되면서 인터넷에서도 내 도덕적 가치관을 모독하고 짓밟는 일들이 빈번히 일어났다.

이런 근거 없는 공격에 마음이 흔들리지는 않았다. 다만 연세 많은 어머니가 지나치게 근심하시지 않을지 걱정이 됐다. 언론에서 하루가 멀다 하고 공격하는데 매일 신문을 읽는 어머니가 행여 그런 자극적인 기사를 보면 얼마나 상심하실까.

하지만 어머니는 전혀 표를 내지 않으셨다. 특히 소송이 임박할 즈음 평소처럼 내게 전화하셔서 그 일에 대해서는 일절 언급하지 않고 다만 이렇게 말씀하셨다.

"막내야, 네가 최고란 걸 엄마는 잘 알고 있단다. 건강 잘 챙기고. 아무 일도 없을 거야."

내가 당신을 걱정할 것을 알고 되레 나를 안심시키려 하신 거다. 어머니는 내가 소송에만 집중하길 바라며 본인의 근심을 묵묵히 감당하셨다. 당시 나는 어머니의 마음이 어땠을지 충분히 상상할 수 있었다. 또한 어머니의 그 몇 마디 덕에 소송을 하는 동안 점차 걱정을 덜 수 있었다.

우리 아기 어디 있나?

요양을 하던 기간에 딱히 할 일이 없어지면서 나는 '요양(療養)'의 '양(養)'이란 글자가 급하게 서두르지 말고 천천히 기다리라는 뜻임을 깨닫게 됐다.

살다 보면 평소 믿는 가치관으로는 옳고 그름을 따질 수 없는 순간이 많이 찾아온다. 이를테면 내가 하루 종일 어머니와 함께 소파에 앉아 넋을 놓고 있거나, 주말 내내 가족들과 카드 게임이나 공놀이를 하는 것들 말이다.

지난 10여 년 동안 어머니의 치매 증세는 한 해가 다르게 심각해졌다. 지금 나는 어머니와 속 깊은 소통을 나눌 수 없지만 적어도 어머니 곁에서 함께 밥을 먹고 어머니가 좋아하는 작은 장난감들을 사드릴 수 있다.

최근 몇 년 동안 어머니를 뵐 때면 간혹 어머니가 나를 알아보시지 못해 속상한 마음이 들곤 했다. 그럴 때마다 곁에 있는 사람이 "카이푸잖아요, 막내가 왔어요"라고 알려줘야 했다. 하지만 한편으로는 나를 알아보지 못하는 덕에 내 몸이 아프다는 사실도 모르시니 다행이기도 하다.

어머니는 젊은 시절 당신이 얼마나 아름다운 사람이었는지 기억하고 계실까?

몇 번인가 어머니를 노인대학에 바래다드리고 멀리서 노인들과 함께 계신 모습을 지켜본 적이 있다. 젊은 선생님의 지도에 따라 스트레칭이나 게임을 하는 모습을 보고 있자니 어린 딸을 초등학교에 데려다주던 때가 떠올랐다. 아흔 살이 넘은 어머니는 이제 나의 '늙으신 아이'가 됐다.

어머니의 아흔다섯 살 생신잔치 날, 둘째 딸이 사진을 찍으려고 하자 어머니는 두 다리가 가렵다며 투덜대셨다. 나는 행여 어머니가 다리를 긁다 상처를 내실까 봐 큰딸 더닝이 짜준 장갑을 두 손에 끼워드렸다.

어린 시절 수두에 걸렸을 때 어머니도 내게 똑같은 일을 해주셨다. 어머니께 장갑을 끼워드리자 이내 다리가 간지럽다는 사실을 잊어버리시고는, 장갑 낀 두 손으로 눈을 가리며 말씀하셨다.

"우리 아기 어디 있나?"

어렸을 때 나도 어머니께 똑같이 그랬었다.

나는 어머니가 얼마나 나를 깊이 사랑하는지 잘 안다. 그러니 자신의 이름도 잊어버린 그 순간에도 나와 함께 하던 놀이를 되풀이하시는 게 아닌가.

둘째 딸은 카메라를 든 채 어린 아기처럼 도움이 필요한 할머니를 부축하며 말했다.

"아빠, 할머니는 이제 기억이 다 없어진 것 같아요. 마음이 너무 아프다."

나는 딸아이를 안아주며 말했다.

"삶의 윤회란 오묘한 거란다. 내 생각에 할머니는 기억을 잃어가고 있는 게 아니라 걱정을 잊고 계신 거야. 할머니의 마음은 퇴화되고 있는 게 아니라 정화되고 있는 거란다. 할머니는 삶의 마지막 날을 향해 나아가고 있는 게 아니라 내일의 여명을 향해 걸어가고 계신 거야."

정말 그렇다. 어머니는 생명의 윤회 속에 다시 어린아이로 되돌아가셨다. 생명의 윤회란 곧 사랑의 윤회다. 그분이 나를 사랑했던 것처럼 나역시 기쁨이 넘치는 아기가 된 어머니를 사랑하고 또 사랑할 것이다.

나의 수호천사가 되어준
6남매

암에 걸리고 난 뒤 나는 영화에서 스티브 잡스 역할을 했던 애슈턴 커처와 유일하게 인터뷰를 했는데 그가 물었다.

"신을 믿나요?"

나는 그에게 이렇게 대답했다.

"전 독실한 신도는 아니지만 신의 존재를 믿습니다. 세상에는 과학으로 설명할 수 없는 부분이 많이 있어요. 누군가와의 인연에도 우정이나 혈육의 정만으로는 설명할 수 없는 무언가가 있죠. 선한 행동에 반드시 선한 보답이 있듯 우리의 모든 만남에도 어떤 이치가 담겨 있다고 믿습니다."

그 뒤 치료를 끝내고 나는 이 세상에 어떤 무형의 존재가 있다고 더욱 믿게 됐다. 이런 무형의 힘은 세상 모든 것이 균형을 이루고 조화롭게 흘러가도록 한다. 그런 관점에서 보자면 이 세상에는 절대적인 선과 악이 없으며 이것들은 사물의 발전 과정에서 잠깐씩 드러나는 단편일 뿐이다. 따라서 사물의 전체적인 본질을 보려면 더 폭넓고 긴 시야를 가져야만 한다.

내게는 아직 그런 넓은 시야가 없다. 하지만 어떤 만남도 결코 우연이 아니며 가족, 부부, 자녀의 인연 역시 이번 생애에서 만날 수밖에 없었던 인과관계가 있다고 점차 믿고 있다. 우리 모두는 이 세상에 오기로 이미 약속했으며, 함께 이뤄야 할 하나의 꿈 혹은 공통으로 배워야 할 과목이 있는 것이다.

내 형제들 역시 알 수 없는 인연으로 나와 만나 마치 수호천사처럼 항상 내 곁을 지켜줬다. 어떤 이들의 관심과 사랑은 말로만 끝나는 경우가 많다. 하지만 내 형제들의 사랑은 언제나 행동으로 보여주는 것이었다. 늦둥이로 태어난 나는 어려서부터 부모님의 사랑을 독차지했는데, 형과 다섯 누나는 질투 한 번 하지 않고 오히려 세심하게 나를 지키고 돌봐줬다.

그들에게 나는 형제였을까, 자식이었을까

열 살이 되던 해, 미국에서 살던 큰 형이 부모님을 뵈러 온 길에 나를 데려가 선진 교육을 받게 하면 어떻겠느냐고 제안했다. 덕분에 나는 열한 살에 미국으로 건너가 서른 살 차이가 나는 형과 6년을 함께 살았다. 형이 아니었다면 어려서 유학을 갈 기회가 없었을 테고 지금의 내가 되지 못했을 수도 있다.

미국에 갔을 때는 형과 형수가 온전히 나를 돌봤는데 두 사람에게는 아들 하나가 더 생긴 것이나 다름없었다. 영어도 한마디 못 하면서 미국 초등학교에 들어가야 하는 골칫덩이 아들 말이다. 매일 밤 두 사람은 어떻게든 내게 빨리 영어를 가르쳐 학교 진도를 따라잡을 수 있도록 하려고 온갖 애를 다 썼다. 대학에 가기 전까지 6년 동안 형과 형수가 치른 희생은 상상도 하기 힘들 정도였다.

열한 살 무렵부터 본격적으로 시작된 형의 사랑은 이내 누나들에게도 이어져 학창 시절 내내 그들로부터 많은 도움을 받았다.

심지어 아내 셴링과 처음 사귀게 됐을 때 누나들은 행여 내가 좋은 배필감을 놓칠까 봐 꽤 큰돈을 연애자금으로 건네기도 했다. 누나들의 응원 덕에 나는 마침내 셴링과 결혼하기에 이르렀다. 하지만 그 기쁨도 잠시, 당시 나는 박사 공부를 하며 장학금을 받아 생활했는데, 집세를 내고 나면 생활비로 250달러밖에 남지 않아 형편이 무척 어려웠다. 그런 형편에 신혼살림을 차려야 했으니 걱정이 이만저만이 아니었다.

세를 낸 집을 다 청소하고 나니 사방이 벽뿐인 풍경에 막막하기만 했다. 그때 초인종이 울려 문을 열었더니 넷째 매형이 문 앞에서 있는 게 아닌가. 매형 뒤에는 온갖 가구가 잔뜩 실린 커다란 트럭이 서 있었다.

"급하게 필요할 거 같아서 형제들끼리 좀 모아왔어."

넷째 매형은 쑥스럽게 미소 지으며 그렇게 말했다. 돈으로 준다고 하면 받지 않을 걸 알고 십시일반으로 가구와 생활용품들을 모아 내게 보낸 것이다. 매형과 함께 가구를 다 옮긴 후 살펴보니 침대는 넷째 누나가 자던 것이었고, 옷장은 셋째 누나가 쓰던 것이었으며, 주방의 전기밥솥은 다섯째 누나가 쓰던 것이었다.

형과 누나에게 나는 동생이라기보다 자식 같은 존재였다. 자식처럼 여기지 않고서야 어떻게 그렇게 아낌없이 사랑을 나눌 수 있었을까. 그렇게 여섯 천사가 따뜻한 날개를 펼쳐준 덕분에 우리 부부는 안정된 가정을 이룰 수 있었다.

누군가를 온전히 받아들인다는 것

형과 누나들에게는 각자 자신들의 가정과 일이 있었다. 하지만 내가 아픈 뒤로 그들은 바쁜 와중에도 해야 할 일을 나눠 나를 돌봤다. 수시로 바뀌는 내 기분을 받아주는 게 보통 일이 아니었음에도 불구하고 끝까지 참고 이해해줬다.

투병 중에 가장 힘들었던 일이 유기농 채소와 과일을 중심으로 싱거운 음식을 먹어야 하는 것이었다. 처음에는 습관이 되지 않아 얼마를 먹든 하루 종일 배가 고픈 것처럼 느껴졌고 심리적으로도 불안했다.

그런 나를 이끌어 준 사람이 큰누나였다. 당시 누나는 몸에 난 두드러기 때문에 본인 역시 충분히 쉬어야 할 처지였지만, 아픈 동생을 위해 사방을 뛰어다니며 내가 먹을 수 있는 요리를 만들기 위해 애를 썼다. 큰누나가 보낸 음식을 볼 때마다 나는 특별한 감동을 느꼈다. 그 음식들은 누나만의 방식으로 표현한 나에 대한 관심과 사랑이었기 때문이다.

하지만 치료하는 기간 동안 입맛이 수시로 변했고 잘 먹던 음식도 갑자기 역하게 느껴지곤 했다. 어느 날 고통을 참지 못한 나는 큰누나가 가져온 음식을 본 순간 큰소리로 외쳤다.

"제발 그냥 가져가. 가져가라고!"

그 음식은 아픈 와중에도 내가 가장 잘 먹던 요리였다. 상황을 미처 파악하지 못한 누나는 어찌할 바를 모르고 허둥댔다. 며칠 뒤 몸 상태가 좀 나아진 나는 누나에게 미안하다고 사과했고 큰누나는 씩 웃으며 말했다.

"뭘 그런 걸 가지고. 그날 만든 건 네 둘째 누나 부부가 싹 비웠어. 자기들은 왜 한 번도 안 만들어줬냐고 투덜대더라."

큰누나뿐이 아니다. 병원에 처음 입원했을 때는 뉴욕에 살던 넷째 누나 부부가 비행기를 타고 대만으로 날아와 입원한 나를 돌보 겠다고 선언했다. 당시 나는 복강경으로 작은 수술을 받았는데 마 치고 나니 통증이 심해 한밤중에 일어나 화장실에 가기가 특히 어 려웠다. 그런 나를 위해 넷째 매형은 밤중까지 남아 있겠다고 고집 을 부렸다.

"나는 아무 데서나 잘 자. 병원에서 자든 집에서 자든 아무 차이 가 없다니까. 나는 어디서나 머리만 대면 금방 잔다고. 식구 중에 나 말고 이런 사람이 또 있어?"

평소 얼굴을 볼 기회가 적어 넷째 매형과는 서먹한 사이였다. 하 지만 병원에서 함께 밤을 보내며 피 한 방울 섞이지 않은 남도 가 족이 될 수 있음을 깨달았다. 나중에는 매형과 세상 돌아가는 일로 수다를 떠느라 약을 먹는 것도 잊을 정도였다. 나중에 교대를 하러 온 다른 누나가 이 사실을 알고 넷째 누나 부부에게 크게 잔소리를 하기도 했다.

두 사람뿐만 아니라 둘째 누나와 둘째 매형도 매일같이 나를 보 러 왔다. 특히 둘째 누나는 항암화학요법을 받는 6개월 내내 하루 도 빼놓지 않고 아침에 직접 짠 과일즙을 가져왔다.

미국에 사는 셋째 누나는 병원에서 혈액을 분석하고 병을 진단 하는 일을 했는데, 투병 중인 내가 보충해야 할 음식이나 비타민이 무엇인지 자세히 알려줬다. 또 매주 전화를 걸어 검사 결과나 치료

보고를 듣고 필요한 것을 구체적으로 조언해주기도 했다.

심리상담사인 다섯째 누나는 내 불안정한 심리를 안정시키는 데 매번 큰 도움을 줬다. 누나 덕에 알게 된 여러 심리 전문가들을 통해 나는 몸과 마음을 탐색하기 시작했고, 질병의 본질에 대해 완전히 새롭게 이해하게 됐다.

또한 다섯째 매형은 처음 병원에서 검사를 하게 됐을 때부터 재진과 확진을 받을 때까지 분주하게 내 곁을 지켰다. 때로 기사 노릇까지 하며 각종 초기 검사를 받을 수 있도록 병원에 데려다주기도 했다. 두 사람은 어떻게든 시간을 내 나를 도우려고 애를 썼다.

아프기 전에 나는 형제들의 사랑을 당연하게 여겼다. 또한 이런 인연이 얼마나 얻기 어려운 것인지 생각하지 못했다. 하지만 아픈 동안 오로지 나 자신과 마주하다 보니 나처럼 부족한 사람에게 어떻게 이런 보살핌이 주어질 수 있나 싶었다. 큰형과 내가 미국에 살 때도 매형들은 사위도 반은 자식이라며 우리를 대신해 부모님께 정성을 다했다. 덕분에 나는 적지 않은 염려를 덜었지만 그들에게 아무런 보답도 하지 못했다.

그들에게서 나는 누군가를 온전히 받아들인다는 것이 어떤 의미인지 배웠다. 내가 이런 감사한 마음을 말로 표현하지 않는다 해도, 나의 나이든 수호천사들은 언제나처럼 내게 넘치는 사랑을 안

겨줄 것이다.

이 세상에 우리가 함께 오기로 약속이 돼 있었다면 과연 우리가 같이 이룰 사명은 무엇일까?

나는 그것이 보답을 바라지 않는 사랑을 베푸는 거라 생각한다. 그 선량한 씨앗이 누군가에게 전해져 이 세상을 환하게 비춰줄 테니까. 나도 언젠가 그들에게서 받았던 사랑을 많은 이들에게 돌려주고 싶다. 그것이 그들에 대한 진정한 보답이라고 생각하기 때문이다.

인생의 후반전에
더욱 힘이 되는 아내

모든 치료 과정을 마치고 어느 정도 건강을 회복한 나는 드디어 일터로 돌아가게 됐다. 타이베이를 떠나기 전날 밤, 여행용 가방을 싸던 아내가 조용히 말문을 열었다.

"당신 예전 생활로 돌아가는 거 아니죠?"

나는 아내의 걱정이 무엇인지 잘 알고 있었다. 예전의 나는 효율적으로 사는 내 삶을 자랑스럽게 생각했다.

이를테면 나는 출장용 가방을 챙기는 아내에게 옷을 빨리 갈아입을 수 있게 봉투에 한 벌씩 담아달라고 부탁했다. 열여섯 벌의 와이셔츠가 든 봉투를 여행가방 안에 차곡차곡 넣기 위해 아내가 새벽 3시까지 고생한다는 사실도 모르고, 심지어 내 여행가방을 사람들에게 자랑스럽게 소개하기도 했다.

내가 필요로 하면 셴링은 언제든 이와 비슷한 난제들을 해결해 줬다. 덕분에 나는 가장 효율적인 생활을 하며 사업적 목표를 이루기 위한 전력을 다할 수 있었다. 하지만 병상에 누워있을 때 셴링이 그렇게 말했다.

"나는 내 모든 헌신이 당신의 행복을 위한 것이면 좋겠어요. 효율을 위해서가 아니라요."

그녀는 확실히 행복을 만드는 일에 능숙한 사람이었다. 반면 나는 아내의 지혜로운 솜씨를 엉뚱한 데에 낭비하는 몹쓸 인간이었다. 아내의 지원 덕에 인생의 전반전을 일에만 매진할 수 있었지만 말이다.

아내의 단 한 가지 소원

막 결혼했을 무렵 우리는 경제적 형편이 어려워 몇 푼 안 되는 내 장학금에 의지해 하루하루를 버텨야 했다. 한 푼이라도 아끼려고 아주 낡은 집을 빌려 신혼살림을 차렸는데, 뒤늦게야 그 집에 쥐와 바퀴벌레가 들끓는다는 걸 알게 됐다. 이제 갓 스물이 넘은 여자가 집 안에 넘쳐나는 쥐와 바퀴벌레를 어떻게 잡을지 고민하는 모습을 상상해보라. 그것만으로 그녀에게 닥친 상황이 얼마나 심각했는지 짐작이 갈 것이다.

더구나 나는 결혼한 뒤 5년 동안 박사 논문을 쓴다며 일주일에 반나절 혹은 하루만 아내와 시간을 보냈고 매일 17~18시간을 공부에 매달렸다.

대신 논문을 완성했을 때 속표지에 '사심 없는 헌신으로 불평 한마디 없이 나를 지지하고 돌봐준 아내에게 감사한다'는 글을 실었다. 어느 때는 '아내의 모든 헌신에 보답할 수는 없겠지만 다행히도 평생 동안 은혜를 갚으려고 노력할 수 있다'라고 적기도 했다.

하지만 논문을 쓰던 그 순간부터 아내와 함께한 지금까지 무려 32년간, 일을 핑계로 단 한 번도 그 약속을 지키지 못했다. 결혼하고 지금까지 온 가족이 함께 여행한 건 겨우 두 번뿐이었다. 게다가 가족들은 내가 직장을 옮길 때마다 모든 친구와 생활환경을 잃어버리고 전부 새롭게 적응해야 했다. 내가 인맥을 쌓고 더 큰 활약을 하게 될수록 가족들은 더 많은 것을 포기했다.

하지만 아내 셴링은 단 한 번도 내게 이런 상황에 대해 불평을 한 적이 없다. 그녀는 언제나 내 결정을 지지해줬고, 내 일과 아이들의 학업을 위해 온 정성을 다해 헌신했다.

마이크로소프트와 소송을 하게 됐을 때 가장 먼저 떠오른 사람이 바로 아내였다. 그때 셴링은 침착하고 안정적인 목소리로 당황하고 있는 나를 안심시켰다. 또한 그녀는 앞으로 어떻게 대처해야 할지, 어디서부터 자료를 찾아야 내 결백을 증명할 수 있을지 차근

차근 알려줬다.

아내의 조언 덕에 마음을 가라앉히고 소송 준비를 하고 있는데, 내 부주의로 집에 있던 관음상을 낡은 가구들과 함께 팔아버리고 말았다. 나는 그리 성실한 신자는 아니었지만 이런 시기에 관음상을 잃어버린 것이 못내 마음에 걸렸다.

그런 나를 본 아내는 기억을 하나하나 되짚으며 관음상이 팔려 갔을 만한 곳을 추측했고 이리저리 수소문한 끝에 관음상을 찾아 냈다. 며칠 지난 뒤 서재에서 관음상 밑에 눌려 있는 종이쪽지를 발 견했는데, 거기에는 이런 글이 쓰여 있었다.

'관음상이 돌아왔어요. 당신은 이제 이 일에만 집중하세요. 관음 상이 분명 당신을 도와줄 거예요.'

다시 살펴보니 관음상 아래에 쪽지 하나가 더 있었다.

'남편이 하는 일이 모두 잘 되고, 온 가족이 평안하고 건강하게 도와주세요.'

온 가족이 평안하고 아이들이 잘 자라며 남편의 일이 순조로운 것. 이것이야말로 그녀가 평생 이루고 싶어 한 목표였다.

상고 시대의 진인 - 진짜 지혜는 이런 것이다

사실 그녀처럼 내면의 사랑이 자연스럽게 흘러나오는 사람은 살짝 모자란 듯 보이기 십상이다. 나는 어떻게 이런 극단적인 두 가지 성향이 한 사람 안에서 조화를 이루는지 이해할 수 없었다.

한 예로 그녀는 살림을 비롯해 가족을 돌보는 데에는 누구보다 뛰어나지만, 운전하는 모습을 보면 깜짝 놀라 식은땀을 흘리게 된다. 원래 다니던 길과 다른 곳으로 가게 되면 동서남북을 구분하지 못해 갈림길 하나만 잘못 들어서도 어쩔 줄을 몰라 한다.

방향감각이 떨어지는 것뿐만 아니라 열쇠를 잃어버리거나 집 안에서 안경을 찾는 것도 다반사다. 톈무에서 6개월 넘게 살면서도 그녀는 동네의 유명한 건물이 어디 붙어 있는지조차 몰랐다. 한번은 답답함을 참지 못해 "내가 당신 전용 길잡이야?" 하고 불만을 터트리자 아내는 의기양양한 표정으로 말했다.

"내가 참 운은 좋아요. 이렇게 말 잘 듣는 안내견이 어디 있어?"

한번은 아침 일찍 등산길에 올랐는데, 절반쯤 갔을 때 아내가 무척 당황한 목소리로 전화를 걸어왔다. 승강기를 타려다가 실수로 손에 있던 열쇠를 승강기 문틈에 빠뜨렸다는 것이다. 서둘러 집에 돌아가고 있는데 다시 셴링이 들뜬 목소리로 전화를 걸어왔다.

"여보, 빨리 올 필요 없어요. 내가 진짜 운이 좋은가 봐. 수리기사분이 마침 집 근처에 계시더라고요. 그분 덕에 승강기 밑 지하실에서 열쇠를 찾았어요!"

나는 울지도 웃지도 못한 채 집으로 돌아와 승강기를 살펴봤다.

승강기 사이의 틈은 일부러 열쇠를 밀어 넣으려 해도 넣기 어려울 만큼 폭이 좁았다. 도대체 셴링은 이 좁은 틈에 어떻게 열쇠를 빠뜨릴 수 있었을까?

이렇게 어리숙한 여자가 내가 평생 믿고 의지하는 든든한 내조자다. 나는 셴링이 어떤 마법을 부리기에 이런 일이 가능한지 지금도 이해가 잘 되지 않는다. 어쩌면 머리를 굴려 계산하지 않는 게 그녀의 가장 큰 장점인 것도 같다.

셴링에 대한 이야기를 들은 한 친구는 큰소리를 내며 웃다 자못 진지한 표정으로 말했다.

"자네 와이프야말로 상고(上古)시대의 진인(眞人)이군."

친구가 말하는 '상고시대의 진인'이란 그녀의 마음을 가리키는 것으로, 생각이나 행동이 문명에 전혀 물들지 않고 깨끗해 하느님이 직접 창조한 '진인'에 가깝다는 것이다.

나 역시 그의 말에 공감했다. 내가 보기에 그녀의 마음은 높은 산에 있는 맑은 물과 같아서, 깨끗하고 투명하며 모든 것이 똑똑히 비친다.

셴링이 어설픈 실수를 저지를 때마다 나와 두 딸아이는 "아이고 귀여워라" 하며 놀리곤 했는데, 그럴 때마다 아내는 빙그레 웃으며 말했다.

"겉보기에만 그렇지 사실 얼마나 똑똑한데!"

그녀는 확실히 겉으로 보기에 바보 같아도 내면은 지혜로운 사람이다. 말수가 많지 않은 데다 그럴듯하게 말할 줄 모르는 셴링은 우리 세 부녀가 입씨름을 하며 억지를 부릴 때마다 늘 지고 만다. 대신 그녀의 모든 지혜는 행동으로 드러난다.

간혹 아내를 얕잡아보는 사람이 있지만, 아내는 웃으며 사람을 부리고 가벼운 말 한마디로 상대를 제압한다. 세상 누구보다 어리숙해 보이지만 실은 세상 누구보다 훨씬 뛰어난 직관력을 갖고 있다. 그래서 대부분의 경우 오히려 그녀가 안내견이 되어 나를 이끌어준다. 병을 포함해 온갖 어려움을 만날 때마다 그녀는 침착하고 여유로운 모습으로 내게 말한다.

"나를 믿어요, 여보. 절대로 아무 일 없을 거야!"

30여 년을 함께 살아온 부부에게 얼마나 많은 자질구레한 일들이 있었겠는가. 큰딸 더닝은 이런 우리를 볼 때마다 "엄마랑 아빠는 서로를 만난 게 이번 생애에서 가장 큰 행운이야"라고 말하곤 한다. 하지만 나는 아내보다 내 행운이 훨씬 크다고 생각한다.

혹시 죽을지 모른다는 생각에 유서를 준비했을 때 내 가장 소중한 재산이 바로 아내란 걸 깨달았다. 크고 작은 풍파를 겪는 동안 '상고시대의 진인'과 같은 순수함과 침착함을 지닌 아내가 없었더라면 그 험난한 여정을 이겨낼 수 없었을 것이다.

여전히 실수투성이의 그녀이지만 나는 그녀에게서 삶을 대하는 태도를 배운다. 초심이 흔들릴 때마다, 예전처럼 일과 명예에 마음이 갈 때마다 나는 그녀를 바라볼 것이다. 아내의 마음을 조금이라도 닮을 수 있다면 지금보다 더 행복할 수 있으리라 믿기 때문이다.

꿈을 향해 걸어가는
두 딸을 위해

이 책을 쓰는 동안 모교의 전임 학장과 신임 학장을 만나 함께 저녁식사를 한 적이 있다. 갓 쉰 살이 된 신임 학장은 자신만만한 태도로 자신의 임기 중에 학생 수와 학교 운영 예산을 늘리겠다고 말했다. 이야기를 듣고 있던 일흔 살의 전임 학장은 불쑥 그에게 물었다. "자네 아이들이 몇 살인가?"

"열 살과 열다섯 살입니다."

신임 학장의 대답에 전임 학장이 다시 물었다.

"자네는 아이들과 얼마나 시간을 보내나?"

"예전에는 매주 일요일은 함께 보냈는데 이제 학장이 됐으니 그것도 어렵겠죠."

그 말을 들은 전임 학장이 말했다.

"그러지 말고 아이들과 더 많은 시간을 보내게. 내가 학장이 됐을 때 우리 아이들은 열몇 살, 스물몇 살이었는데 나는 바쁘다는 핑계로 아이들과 가깝게 지내지 못했네. 내 머릿속은 학교의 '큰일들'로 가득했지.

지금 그 애들이 마흔이 넘었는데 보고 싶어도 얼굴 한 번 마주하기가 어렵다네. 아이들은 순식간에 자라고, 어린 시절은 다시는 돌아오지 않지. 그때를 놓치고 나면 평생동안 후회하게 된다네."

그들의 이야기를 한쪽에서 듣고 있던 나는 가슴이 저렸다. 아프기 전의 나는 신임 학장처럼 일을 좇느라 바빴다. 그러다 보니 어느새 나와 두 딸은 점점 멀어지게 됐다.

큰딸 더닝은 내가 서른 살이 되던 해에 미국 캘리포니아에서 태어났다. 아이를 처음 품에 안던 순간 느낀 감격이 지금도 생생하다. 영원히 깨어나고 싶지 않던 그 순간, 우리는 평생을 함께할 아버지와 딸이란 관계로 연결됐다. 나는 내 멋대로 지어낸 자장가를 부르며 딸아이를 품에 안고 잠을 재웠다.

더닝은 말을 잘 듣는 순하고 귀여운 아이였다. 집을 새로 짓느라 당장 머물 데가 없던 적이 있었는데, 세 살박이 꼬맹이 더닝은 차 안에서 불평 한마디 없이 햄버거를 먹고 동요를 부르다 잠이 들곤 했다.

더닝이 어렸을 때 나는 어머니께 받은 사랑과 보살핌을 더닝에게 모두 쏟아 부었다. 아이를 위해 그네와 모래놀이터를 만들어줬고 매일 밤마다 침대 옆에 앉아 이야기를 들려주거나 재미있는 일을 함께 하려고 애썼다. 모든 소녀들이 그렇듯 회전목마를 좋아하는 더닝을 위해 주말이면 놀이공원을 찾았다. 나는 즐거워하는 더닝의 웃음소리만 들어도 모든 고민이 날아가는 것 같았다.

아이가 어느 정도 자란 뒤 우리가 가장 자주 하던 놀이는 바로 온라인 게임이었는데 승부욕이 강한 나는 딸이라고 봐주는 법이 없었다. 무슨 게임이든 더닝은 한 판도 나를 이기지 못해서 잔뜩 뿔이 나곤 했다.

그러던 중 더닝이 컴퓨터에 새 게임을 깔았다. 더닝은 꼭 나를 이길 거라 장담했지만 어느 날 아침 일어났을 때 게임 순위가 1등부터 10등까지 모두 내 이름으로 바뀐 것을 보고 화가 잔뜩 나 더 이상 나와 게임하지 않겠다고 선언했다. 아이는 내가 며칠 동안 싹싹 빌며 애교를 떤 뒤에야 다시 아빠와 게임을 하겠다고 약속했다.

그렇게 행복했던 시절이 지나고 내 일이 날이 갈수록 바빠지면서 우리 가족은 캘리포니아에서 시애틀로, 다시 미국에서 중국으로 이사했다. 하지만 내가 너무 바쁘다 보니 한집에 살면서도 두 딸아이와 며칠씩 얼굴을 못 보는 일이 흔해졌다.

주말이나 돼야 함께 시간을 보냈는데 기껏해야 밥이나 먹고 영화 보는 것이 전부였다. 나는 그 정도가 내가 해줄 수 있는 최선이라고 줄곧 생각했었다. 하지만 지금 와서 돌아보니 후회스럽기 짝이 없다.

함께하는 시간을 소중히 여겨라

암에 걸린 사실을 알았을 때 두 딸아이를 놀라게 하고 싶지 않았다. 특히 혼자 미국에서 공부하고 있는 더닝에게는 걱정을 끼치고 싶지 않았다. 나중에 엄마로부터 소식을 들은 더닝은 아무 말도 못하고 눈물만 흘렸다고 한다. 아이가 얼마나 걱정하고 두려워할지 알기에 나는 어떻게든 안심을 시키려고 말했다.

"아빠한테는 진짜 실력 있는 의사 선생님들이 있어. 그리 심각한 것도 아니야. 별일 없을 거란다."

그러면서 이런 생각을 했다.

'아이들이 다 자라 대학까지 마치고 나면 나와 보낼 수 있는 시간이 얼마나 될까?'

만약 아이들이 외지에 살게 된다면 잘 해야 1년에 일주일 정도 만날 수 있을 것이다. 나와 아내가 30년을 더 산다고 해도 30주밖에 만날 수 없다는 뜻이다. 만약 병세가 위중해져 이대로 세상을 떠난다면 큰애는 겨우 한두 번밖에 못 볼 수도 있다. 아니, 내 몸이 좋아진다고 해도 아이들이 일을 시작하거나 함께 살 남자가 미국에 있다면 가족이 함께 모일 수 있는 시간은 1년에 1~2주 정도뿐일 것이다.

이제 나는 지난날의 실수를 다시는 반복하고 싶지 않다. 나처럼 모든 것을 잃어버릴 뻔했던 기억이 없는 사람들은 이 조급한 마음을 이해하지 못할 것이다.

더닝이 작년 겨울방학에 대만으로 돌아오기 전날 아내 셴링은 시장을 보고 식단을 짜느라 정신이 없었다. 한 상 가득 차린 음식은 딸을 향한 셴링의 마음이었다. 나와 더팅은 인터넷에서 사진과 그림을 바쁘게 찾아 더닝을 위한 환영 포스터를 만들었다.

더닝을 마중하러 공항에 거의 다 도착했을 때, 급하고 설렌 마음에 미국과 대만의 시차를 잊고 하루 일찍 왔다는 사실을 깨달았다. 다음 날 다시 공항에 나가서야 딸의 익숙한 얼굴을 볼 수 있었다. 우리 부부는 양쪽에서 더닝을 꼭 안아줬다. 나는 딸아이를 보며 짐짓 폼을 잡으며 말했다.

"아빠가 한 번도 너를 데리러 오거나 배웅해준 적이 없지? 근데 이번에는 널 데리러 두 번이나 왔지 뭐냐. 대단하지?"

"흥! 대단하기는 하네요. 있다가 게임할 때 이기지나 마세요." 더닝은 샐쭉한 표정을 지으며 주먹을 휘두르는 척 장난을 걸었다. 어린 시절 기억을 떠올리며 농담을 하는 더닝을 보고 마음이 울컥했다.

부모가 아이를 위해 해줄 수 있는 일

더닝은 어려서부터 성품이 좋고 공부도 곧잘 해서 명문대에 들어가 복수 학위를 땄으며 성적도 뛰어났다. 덕분에 세계적인 패션 회사에서 일할 기회가 얼마든지 있었으며 본인이 원한다면 유명 디자이너 밑에서 실력을 키울 수도 있었다.

하지만 아이는 몇 번의 심사숙고 끝에 남들과는 다른 자신만의 길을 가겠다고 결정했다. 딸아이는 매우 신중하게 말했다.

"아빠! 그런 곳에서 일한다면 분명 내가 좋아하지 않는 일도 해야 할 거예요. 디자인계의 암묵적인 룰에 따라 보통 사람들은 입지도 못할 옷을 만들 테고요. 저는 그렇게 하고 싶지 않아요. 전 입으면 즐거워지는 편하고 예쁜 옷을 만들고 싶어요. 또 취약계층을 위한 특별한 옷도 만들어보고 싶어요. 휠체어를 타는 장애인이나 돈이 없어서 신발도 사지 못하는 아이들을 위한 그런 옷이오."

더닝이 제가 원하지 않는 것을 명확히 이야기할 때 정말 기뻤다. 내가 아이에게 가장 바라던 것, 자기 주관대로 인생을 개척하려는 모습을 확인했기 때문이다. 모든 걸 스스로 결정하고 씩씩하게 나아가는 더닝의 태도를 보고 내가 아이에게 기울인 노력이 그래도 헛되지 않았다는 생각에 안심이 되기도 했다.

《마지막 강의》의 저자 랜디 포시 교수는 사람은 누구나 어린 시절에 세상에 오염되지 않은 가장 순수한 꿈을 꾼다고 말했다. 하지만 꿈은 외부의 공격, 이를테면 부모의 훈계(아이에게 어떤 직업이나 취미를 가져서는 안 된다고 충고하는) 같은 것 때문에 서서히 줄어들고 결국 우리는 꿈이 없는 사람이 되고 만다.

랜디 교수는 이 같은 이유로 사람들이 자신의 진정한 꿈이 무엇인지 알고 싶다면 가장 순수하고 어떤 것에도 물들지 않았던 어린 시절로 돌아가야 한다고 조언했다.

하지만 애초에 어릴 적 꿈을 그대로 간직할 수 있으면 더 좋지 않을까? 부모의 도움이 있다면 충분히 가능한 일이다. 아이가 어렸을 때부터 스스로를 드러낼 수 있도록 도와주면 된다.

자신의 꿈을 향해 열심히 걸어가는 두 딸에게 말하고 싶다.

사랑하는 딸들아, 너희는 아직도 어린 시절의 꿈을 간직하고 있을까? 앞으로 무슨 일을 해야 할지 지나치게 걱정하지 않아도 된다. 눈앞의 성공이나 이익에 조바심 낼 필요도 없단다. 다만 최선을 다해 너희가 좋아하는 것을 선택하렴. 자기만의 신념이 있다면 언젠가 기회가 찾아왔을 때 너희의 인생에서 꼭 이뤄야 할 사명을 찾아내 세상 무엇보다 아름답게 빛날 수 있을 테니까.

아이는 부모를
기다려주지 않기에

병에 걸리지 않았다면 나는 반항심 가득한 사춘기의 더팅이 지닌 놀랄 만한 소질을 발견하지 못했을 것이다.

큰딸 더닝은 어렸을 때 나와 비교적 많은 시간을 보내며 충분한 사랑을 받았다. 그래서인지 자신감과 성실함이 몸에 배어 있었고 성격이나 공부 등 어떤 면에서든 순조로운 편이었다. 반면 작은딸 더팅은 겉으로는 활발하고 외향적이었지만 속으로는 '언니보다 못하면 어쩌지?' 하는 걱정이 많았다. 실제로 학교에 가면 "네 언니가 더닝이라면서? 네 언니는 공부도 잘하고 성격도 좋았는데 너는 어떠니?"라고 묻는 선생님들도 있었다고 한다.

아이가 이런 이야기를 계속 들었다면 결코 마음이 좋지 않았을 것이다. 사실 내가 보기에는 두 아이 모두 똑똑한데 더팅은 아직 본인의 잠재력을 제대로 발휘하지 못하고 있을 뿐이다.

한번은 더팅과 고등학교를 졸업하면 어떤 대학에 가야 할지에 대해 이야기한 적이 있다. 그런데 갑자기 더팅이 조심스럽지만 진지한 태도로 내게 물었다.

"아빠, 고등학교 졸업할 때 나한테 선물 하나 줄 수 있어요?"

"당연하지! 졸업 선물로 뭘 받고 싶은데? 카메라? 다 말해봐. 아빠가 꼭 해줄게."

나는 조금도 망설이지 않고 대답했다.

"물질적인 선물은 아니고요. 언니가 대학 갈 때 아빠가 편지 써주셨잖아요. 혹시 저한테도 편지 써주실 수 있어요?"

더팅은 간절한 말투로 어렵사리 물었다.

나는 마음이 아파 아무 말도 할 수 없었다. 아빠가 언니를 더 사랑해 자기한테 편지를 안 써주면 어쩌나 걱정했다는 게 아닌가. 아이의 어린 시절에 충분한 관심과 사랑을 주지 못한 것이 이렇게 깊은 영향을 미친 걸까?

창의력 넘치는 반항 소녀

더팅은 어려서부터 자신만의 생각이 있었으며 언니처럼 온순하거나 얌전하지 않았다. 별난 생각들로 머릿속이 가득해 우리 부부가 자칫 그 생각의 박자를 맞춰주지 못하면 해결하기 어려운 문제들을 한가득 안겨주곤 했다.

더팅이 두 살쯤 되었을 때 한번은 장롱 서랍을 계단처럼 밟고 올라가 결국 맨 위에 숨겨둔 사탕을 몽땅 먹고 말았다. 좀 자랐을 때는 씹던 껌을 머리에 붙여 본인 손으로 머리카락을 자른 적도 있다. 게다가 채소를 안 먹으려고 얼마나 고집을 피우는지, 고민 끝에 채소를 칼로 잘게 썰어 약처럼 먹이기도 했다.

하지만 이런 정도의 장난기는 대단한 것도 아니다. 나이를 먹어가면서 더팅은 이런저런 나쁜 짓을 하기 시작했다. 거짓말이나 도둑질을 예사로 하는 아이였다. 어떤 방법으로도 아이의 버릇을 고쳐주지 못한 나는 궁리 끝에 좋은 아이디어를 떠올렸다. 마이크로소프트 퍼블리셔(Microsoft Publisher, 마이크로소프트 오피스의 추가 프로그램 중 하나로 웹디자인과 전자출판 예제를 제공한다-옮긴이)로 가짜 신문을 만든 것이다.

헤드라인 소식은 사형 선고를 받은 흉악범이 어린 시절에 어떤 잘못을 저지르다 더 나쁘게 변했는가에 관한 이야기였다. 물론 그 흉악범이 저지른 잘못은 더팅의 잘못과 절묘하게 맞아떨어졌다. 우리 부부는 이 가짜 신문을 아이가 우연히 보도록 작전을 꾸몄다. 실제로 더팅은 그 신문을 본 뒤 나쁜 습관을 고칠 수 있었다.

하지만 그 뒤에도 문제는 계속 나타났다. 더팅의 성적이 곤두박

질치기 시작한 것이다. 고등학교 1학년 말에는 선생님이 직접 전화를 걸어 딸아이가 그동안 한 번도 숙제를 해온 적이 없다고 말해줬다. 더팅은 성적에는 아무런 관심도 없었으며 외워야 하는 과목이 있어도 책을 한 장도 펼쳐보지 않았다. 당시 딸아이는 좋은 대학에 가고 싶은 생각도 없었을뿐더러 고등학교 졸업장을 딸 수 있을지조차 미지수였다.

그러던 어느 날, 큰딸이 내게 말했다.

"아빠, 더팅은 지금 행복하지 않아요. 자기 자신을 좋아하지 않으니까요."

그 말을 듣는 순간 너무 부끄러웠다. 지금껏 스스로 꽤 개방적인 아빠라 자부해왔는데 정작 아이의 깊은 속내는 알지 못했던 것이다.

아이의 성장은 부모를 기다리지 않으며, 부모의 노쇠함은 자식을 기다리지 않는다. 하지만 우리는 항상 "바쁜 것만 끝나고 다시 이야기하자"라고 말하며 한 해 두 해 보내다 삶에서 가장 중요한 순간들을 놓치고 만다.

예전에 사람은 저마다 타고난 재능이 다르다는 글을 집필한 적이 있다. 그 예로 스티브 잡스를 들었는데 그가 만약 중국에서 태어났다면 분명 많은 것을 기억하고 외워야 하는 수업 시스템에 적응하지 못했을 거라고 썼다. 또한 나는 그와 같은 천재형 인물은 진면

목이 억압받거나 남다른 돌출행동으로 학교에서 쫓겨났을 것이라
고 지적하기도 했다. 하지만 나는 막상 내 딸에게 나타난 학습 부적
응증을 눈치채지 못했으며 제때에 손을 내밀지 못했다.

아이에게 숨겨진 보물을 보다

학교는 물론 아내와 나 역시 더팅에게 약점을 고치라고 오랫동
안 요구했다. 아이는 그렇게 하지 못했지만, 모두가 그렇게 하기 때
문에 자신도 그래야만 한다고 느꼈다. 내면과 현실의 이런 충돌은
아이에게 많은 고통을 줬지만, 아이 자신도 그 고통을 정확히 설명
하지 못했고 우리 부부도 알아차리지 못했다.

나는 어려서부터 공부를 잘했기 때문에 그 어마어마한 장점이
모든 약점을 가려줬다. 내가 아무리 소란을 피우고 심한 장난을 쳐
도 사람들은 '머리가 좋아서' '창의력이 있어서'라고 이해했다. 만
약 성적이 나빴다면 내 장난기는 큰 문제가 됐을 것이며 나 역시
편한 하루하루를 보낼 수 없었을 것이다. 또 내가 공부를 잘했다고
해서 반드시 남들보다 똑똑하다는 뜻은 아니다. 다만 내 사고습관
과 학습법이 지식을 습득하는 패턴과 잘 맞아떨어졌을 뿐이다.

세상은 사람들에게 어떤 꼬리표를 붙이고 등급을 매겨 똑똑함과
어리석음, 부유함과 가난함, 좋음과 나쁨 등 2차원적 대립으로 가

치를 판단한다. 만약 우리가 이런 단순한 잣대만 갖고 있다면 사물의 전체적인 모습이나 모든 사람에게 존재하는 보물을 보지 못할 수도 있다.

다행히도 나는 암에 걸려 많은 시간 동안 걸음을 늦출 수 있었고 오래 인내하고 귀 기울인 끝에 더팅이 무슨 생각을 하는지, 무엇과 싸우고 있는지 듣게 됐다.

더팅과 함께하는 동안 나는 아이에게서 겉모습에 가린 소중한 소질을 서서히 보게 됐다. 더팅은 누구보다도 창의력이 뛰어난 아이였다. 그 아이는 판에 박힌 생활과 지루한 공부를 견디지 못했으며, 그 대신 새로운 것에 도전하기를 즐기고 자신의 섬세한 감정을 사람들에게 드러내고 싶어 했다.

이를테면 아이는 우리 몰래 바늘과 볼펜 잉크로 직접 문신을 새기기도 했다(정말 위험한 일이다). 가장 먼저 새긴 건 'try'라는 글자였다. 아이 손에 있는 문신을 뒤늦게 발견하고 왜 이 글자를 새겼느냐고 물었다. 딸아이는 예전에 성적이 좋지 않아 자신감이 없었다며 이 문신을 보며 더 노력하기 위해 'try'를 택했다고 대답했다.

딸아이와 단어를 외우다

성공을 향해 나아가고 있을 때 나는 건강을 잃었을 뿐만 아니라 아이가 나를 가장 필요로 하던 순간을 함께해주지 못했다. 비록 중요한 때에 곁을 지켜주지는 못했지만 이제부터라도 최선을 다해 부족했던 점을 채워주기로 결심했다.

먼저 나는 더팅에게 편지를 썼다. 엄마와 아빠가 얼마나 더팅을 사랑하는지, 또한 더팅에게 타고난 예술적 재능이 있음을 믿고 있다고 알려줬다. 더팅이 좋다면 복습을 도와주고 싶다고도 썼다. 성적이나 대학 지원은 크게 기대하지 않을 테니 부담을 갖지 말라는 말과 함께 말이다.

얼마 지나지 않아 더팅이 답장을 보내왔다.

'사랑하는 아빠, 저도 부모님을 정말 사랑해요. 아빠가 복습을 도와주신다면 정말 좋겠어요. 그런데 저는 독서는 좋지만 시험은 싫거든요. 아빠가 이런 문제를 극복할 수 있게 도와주실 수 있나요?'

딸아이가 말한 문제점을 해결하기 위해 우리는 학습계획표를 짰다. 또한 함께 숙제를 하며 영어 단어를 외울 수 있는 방법을 찾았다. 나는 더팅이 틀에 박힌 단조로운 암기식 학습을 싫어한다는 사실을 발견하고 아이와 함께 단어를 이용해 이야기를 만들었다.

나는 더팅과 함께 9개월간 1,000장 이상의 단어카드를 만들었고 딸아이는 대부분의 단어를 외울 수 있었다. 덕분에 아이는 영어 수준이 크게 향상돼 순조롭게 SAT 시험을 통과하고 미국 대학에 지원할 수 있었다.

그러던 중 더팅으로부터 문자 메시지를 받았다.

'사랑하는 아빠, 아빠는 대만에서 딸과 함께 단어를 공부하는 유일한 아빠일 거예요. 저랑 함께해주셔서 감사합니다.'

문자를 확인하는 순간 마음으로부터 미소가 흘러나왔다. 이런 것을 전화위복이라고 해야 할까? 만약 암에 걸리지 않았다면 나는 여전히 일에 빠져 사느라 재능 넘치고 감성적인 예비 사진작가를 놓치고 말았을 것이다.

자신의 길을 가라

사실 더팅은 아주 어릴 때부터 사진촬영을 좋아했다. 다섯 살 때 인생에서 첫 카메라를 갖게 됐고 언니가 만든 옷들을 열심히 찍어댔다. 나는 행여나 더팅이 공부가 싫어서 사진으로 대학에 가려는 게 아닌지 걱정했다. 더구나 나는 '기계로 대체되지 않을 수 있는 직업은 무엇일까?'라는 글을 통해 기자와 촬영가가 하향세를 타고 있는 직업이라고 언급한 적이 있다. 그런데 내 딸이 굳이 그 어려운 길을 가겠다고 하지 않는가. 그래서 그 문제를 두고 더팅과 여러 차례 진지한 이야기를 나눴다.

"네가 정확히 알아둬야 할 사실이 있다. 휴대전화를 비롯해서 요새는 일반인들도 쉽게 촬영할 수 있는 방법이 많단다. 전문적인 사진작가는 곧 사라질지 몰라."

"저도 잘 알아요. 조사해보니까 지금 미국에서 전문 사진작가 임금이 기자보다 낮아졌다고 하더라고요. 하지만 아빠, 저는 적은 돈을 벌더라도 제가 진짜 하고 싶은 일을 할 거예요."

더팅은 이 문제에 대해 정말 진지하게 생각하고 있는 듯했다. 게다가 이런 결심을 일찌감치 굳힌 것처럼 보였다.

"아빠, 혹시 그거 아세요? 저는 무거운 카메라를 메고 사진 찍으러 갔다 올 때마다 몸은 파김치가 되지만 마음은 활짝 피는 것 같아요. 또 저는 미래의 촬영은 셔터 누르는 게 전부라고 생각하지 않아요. 새로운 시선이 있다면 새로운 의미가 담긴 사진을 찍을 수 있겠죠. 그건 절대 기술로 대신할 수 있는 게 아니에요."

당당하고도 막힘없이 이야기하는 딸아이는 자신감이 넘쳐 보였다. 많은 부모가 그렇듯 나 역시 아이를 언제나 아이로만 봤는데 어느새 이렇게 다 커서 자신만의 관점이 생겼다.

때로 우리는 이런 아이들에게 많은 것을 배우기도 한다. 하지만 그렇다손 치더라도 부모로서 걱정이 드는 건 어쩔 수 없었다. 그래서 아이에게 짓궂은 질문을 던지기도 했다.

"네가 대학 졸업하면 우리는 네 뒷바라지 안 해줄 거야. 네 힘으로 밥 먹고 살 자신 있냐?"

인생의 선택은 결코 낭만적이지 않기에 전반적인 고려가 없다면

'흥미'는 도피의 핑곗거리가 될 뿐이다. 이는 본인조차 헷갈릴 수 있는 문제이기 때문에 이런 사실을 여러 번 더팅에게 일러줬다.

"그래서 공부를 하면서 촬영으로 돈을 벌 방법도 생각하고 있어요. 용감하게 현실에 부딪쳐서 제 자신을 단련해보려고요."

그 말을 듣고 보니 문득 '더팅이 촬영으로 돈을 벌 방법까지 준비하고 있었구나' 하는 생각이 들었다.

그 뒤로 나는 더팅을 적극적으로 격려하면서 인맥을 이용해 일의 크기를 넓힐 방법을 일러줬다. 더팅은 어떻게 하면 고객들을 늘릴 수 있을지를 진지하게 구상하기 시작하더니, 직접 명함을 만들고 무료사진을 찍어주며 많은 사람들을 알아갔다.

2014년 가을, 더팅은 내 친구의 진료소 로비에서 작은 사진 전시회를 열게 됐다. 아이는 오랫동안 공을 들여 사진을 고르고 제목을 붙인 뒤 우리에게 의견을 물었다. 전시회를 준비하는 과정 동안 나는 더팅이 일하는 방식과 태도를 눈여겨봤고 그 아이가 얼마나 촬영에 흥미와 재능을 갖고 있는지 알게 됐다.

그런 아이를 보며 정말이지 마음이 뿌듯했다. 어디선가 더팅의 작품을 전시하고 싶어 한다고 알려주면 아이는 기뻐하면서도 정중히 말했다.

"아빠! 혹시 아빠 얼굴 보고 그런 제의를 한 건 아닌가요? 만약 그렇다면 사양할래요."

그리고 얼마 지나지 않아 더팅의 손에서 새 문신을 발견했다. 이번에는 'try'를 살짝 바꿔 'Stay gold'란 글자로 만들었다. 로버트 프로스트의 유명한 시 'Nothing Gold Can Stay(황금빛은 오래 머물지 못한다)'에서 따온 것이었다.

나는 아이가 비로소 동굴에서 걸어 나와 자신만의 가치와 마주하게 됐다고 느꼈다. 드디어 완벽하게 자신감을 되찾은 것이다.

나는 아이의 손가락 위에 새겨진 새 문신을 보다 아이를 꼭 안아주었다. 그리고 이렇게 말했다.

"사랑한다!"

"얼마나 사랑하는데요?"

"어제보다 많이, 내일보다 조금."

그 말에 더팅은 이내 환한 미소를 띠었다.

언젠가 큰딸 더닝이 나와 셴링이 부부가 된 것은 우리 일생에서 가장 행복한 일이라고 말한 적이 있다. 하지만 사실 두 딸이 생긴 뒤 나는 더욱 확신하게 됐다. 우리 가족이 사랑 안에서 만난 것이야말로 내 일생에서 가장 행복한 일임을 말이다.

신이 내린 축복

중국에는 '화와 복은 함께 온다'라는 옛말이 있다. 서양에도 '위장된 축복'이라는 말이 있다. 말기 암 선고를 받은 후 건강을 회복하기까지(물론 재발의 위험은 남아 있지만) 나는 인생의 역설을 깨달았다. 겉으로 보기에 행운인 것이 꼭 행운은 아니며, 겉으로 보기에 불행인 것이 꼭 불행은 아니라는 걸 말이다.

페이스북의 최고운영책임자인 셰릴 샌드버그는 갑작스럽게 남편 데이브 골드버그를 하늘로 떠나보낸 뒤 슬픔에 잠겨 이런 글을 썼다.

나는 감사하는 법을 배웠다. 예전에는 너무나 당연하게 여겼던 것들, 이를테면 살아 있다는 사실에 대해서도 진정으로 감사할 줄 알게 됐다. 비록 가슴이 찢어질 듯 아프지만 매일 아이들을 보며 내가 그들을 위해 살 수 있음에 기쁨을 느낀다. 나는 아이들의 미소 하나, 포옹한 번에 감사를 느끼며 더 이상 그런 것들을 당연하게 여기지 않는다. 언젠가 한 친구가 자신은 생일이 싫다며 축하해줄 필요가 없다고 했을 때 그에게 말했다.

"마음껏 축하받도록 해. 매년 생일을 보낼 수 있다는 건 엄청난 행운이니까."

나는 이 글에서 특별한 감동을 느꼈다. 나 역시 림프종을 앓은 덕에 감사를 배웠으며 더 이상 내게 주어진 것들을 예사롭게 여기거나 당연하게 느끼지 않게 됐기 때문이다.

덕분에 나는 내가 만나는 모든 사람들과의 우정, 특히 가족들의 조건 없는 사랑을 진심으로 소중히 여기게 됐다. 또한 그동안 당연하게 여겨왔던 감정들이 공기나 물처럼 무엇보다 중요한 존재라는 걸 깨달았고 더 이상 내 안의 모든 감정을 소홀히 대하지 않게 됐다.

예전에 나는 끝도 없이 명예와 이익을 추구했지만 이제는 진정으로 사람에게 가치 있는 것과 의미 있는 성취 혹은 공헌이 무엇인지 분별할 수 있다. 덕분에 더 이상 내 삶을 물질과 허영의 함정에 빠뜨리지 않게 됐다.

2015년 5월, 영광스럽게도 모교인 카네기멜론대학에서 명예박사 학위를 받고 컴퓨터과학대 졸업식에서 축사를 하게 됐다. 나는 후배들에게 이렇게 말했다.

"여러분은 현명한 선택을 해야 할 책임이 있습니다. 기술을 선택할 때 단순히 선진화되거나 강한 것이 아닌 세계를 더 아름답게 할 수 있는 기술을 선택해야 합니다. 직업의 선택에 있어도 생명을 파괴하는 직업이 아닌 생명을 구하는 직업을 선택해야 합니다. 또한 인류를 대신할 수 있는 직업이 아닌 인류를 강하게 만드는 직업을 선택해야 합니다. 보스를 선택할 때는 작은 것에 욕심내는 사람이 아닌 큰 사랑을 보여줄 사람을 선택해야 합니다. 또한 세상을 정복할 악당이 아니라 세상을 도울 선한 사람을 선택해야 합니다."

또한 나는 그들에게 허투루 일생을 보낼 것이 아니라 의미 있는 일을 해야 한다고 강조했다.

"능력이 클수록 책임이 큰 법입니다. 여러분은 진정으로 어려운 문제를 해결하기 위해 시간을 투자할 책임이 있습니다. 부디 앞으로 기계가 대신 하게 될 일에 시간을 허비하지 마십시오. 또한 여러분의 재능을 학교에서 이미 익힌 기초지식을 답습하는 일에 낭비하지 마십시오. 도전할 것이 없는 일은 더더욱 받아들이지 마십시오. 대신 용감하게 모험에 나서고 부지런히 탐구해 '어떤 특수하고 유용한 영역에서 활약하는 최고의 인재가 되는 것'을 각자의 목표와 소임으로 삼기 바랍니다."

사실 졸업생들 앞에서 한 이 연설은 젊은 시절부터 지닌 내 초심이었다. 암에서 회복된 뒤 이 초심을 더더욱 내가 지킬 사명이라 여기며 기꺼이 즐기게 됐다.

　앞으로도 나는 창신공장을 바탕으로 용감하게 모험에 나서 더 나은 세상을 만들려고 노력하는 창업청년들을 도울 것이다. 또한 그들 외에 나와 인연을 맺은 사람들과도 더 많은 관계를 맺고 도움을 주려고 한다. 더불어 힘이 닿는 한 내 모든 경험을 나눠 그들에게 유익한 친구가 되고 싶다.

　쉰 살이 넘어 만난 림프종이란 큰 병은 지금 와서 보니 신이 주신 축복이었다. 덕분에 나는 깨어 있는 마음으로 제2의 인생을 맞이하게 됐으며 성실하고도 자유로운 삶을 살게 됐다. 이 책을 읽어 준 모든 독자도 자신의 마음을 따라 행동하고 모든 것에 감사하며 행복한 인생을 살게 되기 바란다.

내게 남은 날이 백일이라면

초판 1쇄 2017년 1월 5일

지은이　 | 리카이푸
옮긴이　 | 정세경

발행인　 | 이상언
제작책임 | 노재현
편집장　 | 서금선
에디터　 | 한성수
마케팅　 | 김동현 김훈일 김주희 한아름 이연지

발행처　 | 중앙일보플러스(주)
주소　　 | (04517) 서울시 중구 통일로 92 에이스타워 4층
등록　　 | 2007년 2월 13일 제2-4561호
판매　　 | 1588-0950
제작　　 | (02) 6416-3899
홈페이지 | www.joongangbooks.co.kr
페이스북 | www.facebook.com/hellojbooks

한국어판 출판권 © 중앙일보플러스(주), 2017

ISBN 978-89-278-0824-4　03810